외로움을
끊고
끼어들기

글
_____

턱괴는여자들

카로우 셰지아크

김규진

김원영

김인정

박초롱

이연

이훤

임동우

하미나

사진
_____

카로우 셰지아크

**외로움을
끊고
끼어들기**

toh press

일러두기

- 카로우 셰지아크의 사진 연작은 〈Possibly, Here〉, 한국에서 열린 전시는 〈아마도, 여기〉로 표기했다.

- 카로우 셰지아크의 「작가 노트」는 영어로 쓰였으며, 송근영이 한국어로 옮겼다. 「작가 노트」의 각주는 옮긴이 주다.

- 국립국어원의 현행 맞춤법·외래어 표기법을 따르되, 일부는 지은이의 뜻과 현지 발음을 반영하여 표기했다.

- 단행본 출간물과 화집·전집은 겹낫표(『 』), 시·소설 등 개별 작품은 홑낫표(「 」), 잡지·신문 등 정기간행물은 겹화살괄호(《 》), 예술 작품·전시·영화·노래·연작 등은 홑화살괄호(〈 〉)를 사용해 표기했다.

들
어
가
며

외로움의 땅 위에서

— 정수경·송근영(턱괴는여자들) —

외로움의 땅 위에서
― 정수경·송근영(턱괴는여자들) ―

"외로움은 사회 구조적으로 형성된다." 이 논리는 문장으로 정리되기 전부터 주변을 서성이고 있었다.

익숙한 상황의 이면을 살피고 당연하게 여겨지던 통념에 의문을 제기하는 것은 쉽지 않다. 그러나 물리적으로 또는 심리적으로 서있는 땅이 달라졌을 때, 종종 낯섦을 분해할 수 있는 기회가 찾아오곤 한다. 가령, 모국어가 통하지 않는 나라에서는 이미지 위주인 광고판을 자주 관찰하게 된다. 언어가 제 기능을 하지 않을 때, 이미지는 그 사회가 품은 비밀을 비교적 쉽게 누설하기 때문이다. 인터넷 신호가 잡히지 않기로 유명한 파리 지하철에서도 그렇다. 먹통이 된 휴대폰을 주머니에 넣고 나면 시선은 자연스레 전방의 광고

판으로 향한다. 광고는 그 사회에서 통용되는 이상적인 질서를 내포한다. 프랑스의 광고 이미지에는 성소수자나 노인이 곧잘 주인공으로 등장하는데, 그 어떠한 설명조차 생략해 버리는 방식으로 그들의 존재를 당연하게 긍정하는 메시지가 좋았다. '보이는 것'으로 한 사회의 함의를 파악할 수 있는 것이다. 동시에 '보이지 않는 것'이 품는 의미도 더듬을 수 있다. 그중 본능적으로 감지되는 공백은 동양인의 이미지다. 예를 들어, 합리적인 가격으로 매력적인 옷을 살 수 있다고 어필하는 글로벌 SPA 브랜드 등 시대의 흐름을 이끌고 싶은 기업 광고는 노골적으로 다인종 이미지를 자주 사용한다. 하지만 그 의도된 '다양성' 안에도 동양인은 보이지 않는 경우가, 배제된 특징을 지닌 당사자에게는 유난히 눈에 띈다. 이는 자신이 그 사회의 주요 목표 소비자가 아니라는 의미이기 때문이다. 경제 권력은 문화 권력과 긴밀하게 연결되므로, 미디어에서 수없이 쏟아지는 이미지 가운데 자신을 투영할 피사체가 없다는 사실은 곧 지금 딛고 있는 땅에서 '내'가 직간접적으로 배제된다는 뜻이다.

보이는 만큼 존재한다. 보이지 않는 대상이 되는, 그리 유쾌하지 않은 경험은 '사회에서 하나의 주체가 얼마나 실존하는지' 스스로 가늠해 보는 계기가 된다. 배제되는 정체성이 자신에게 스며있다고 자각한 후에는 필요 이상으로 예민하게 반응하는 경우도 종종 생겨날 테다. 홀로 날 선 듯한 이 거리감은 외로움의 싹을 틔운다.

외로움은 긍정적인 자기 분리를 의미하는 고독solitude과는 다르다. 이 단어는 16세기 무렵 영문학에 처음 등장했다. 외로움loneliness의 어원 'oneliness'에서 '단독 또는 혼자'를 뜻하는 'one'이 의미를 이끄는 것에서 알 수 있듯, 초기에는 '사람들에게서 멀리 떨어져 홀로 있는 상태'를 가리켰다. 소속되었던 공동체로부터 분리되는 것은 그 사회가 보장하는 보호를 포기하는 것이므로, 당시의 외로움은 '물리적 고립'이 만드는 신변의 위태로움이었던 셈이다.

산업 혁명으로 도시화가 가속된 19세기에 이르러서야 외로움이라는 단어가 지금과 같은 의미로 쓰이기 시작했다. 정치 이론가 한나 아렌트는 이 시기에 사회에서 자신의 자리와 쓸모를 찾지 못하고 '뿌리가 뽑힌 uprooted' 이들이 대거 생겨난 것이 발단이라고 말한다. 16세기의 관점과 정반대로, 이 시기의 외로움은 '밀집'에 의해 만들어졌다. 고향에는 부모의 부모 세대부터 이어져 온 가업이 있지만, 일자리보다 사람이 더 많은 도시에서 사회가 인정하고 보장하는 확실한 자기 자리를 얻는 것은 매우 어려웠다. 밀도가 높아지자 소외는 부각됐다. 아렌트는 이 시기를 '사회가 경험한 최초의 집단적 외로움' 사례로 보았다. 물리적 고립에서 사회적 고립으로. 언뜻 보면 외로움의 의미가 사뭇 달라진 듯하지만, 사실 이들은 내밀하게 이어진다. 사회에 내 자리가 없다면, 그 공동체가 보장하는 보호에서도 자연스럽게 멀어지기 때문이다.

외로움은 사회 구조라는 토대로부터 자란다. 외로움의 사전적 정의는 '홀로 되어 쓸쓸한 마음이나 느낌'이다. 그래서일까. 외로움을 개인의 감정이라고 쉽게 얘기하곤 한다. '네가 나약하기 때문에', 혹은 '노력을 덜했기에' 외로움을 느끼는 것이라고 치부하면서.

그러나 외로움은 감정이라기보다는 촘촘하게 얽혀있는 식물에 가깝다. 한 사회의 결정권자, 구체적으로 사회 내에서 정상성의 기준을 만드는 자, 가시성의 역학을 결정하는 자 들은 누군가를 배제함으로써 외로움의 씨앗을 심는다. 그들이 만들어내는 제도와 정치, 역사와 문화, 시스템과 경제, 관습과 정체성 등은 배제의 기준인 동시에 씨앗이 자라나는 두터운 층위의 토대가 된다. 외로움의 씨앗은 복잡한 이해관계를 자양분 삼아, 뿌리를 이곳저곳으로 뻗어내다가 어느 날 표면을 뚫고 싹을 틔운다. 그 땅 위에 자기 자리 혹은 자신이 투영할 수 있는 이미지가 없다는 것을 인식한 순간, 외로움을 느낀다. 프랑스 지하철 광고판의 다인종 이미지에 아시아인의 대표성이 없음을 발견했을 때처럼 말이다. 가정, 학교, 도서관, 일터 등 외로움의 싹이 어디서든 움튼다. 매우 느리지만 끈질기게 퍼져나가서 마침내 그 땅을 장악하는 식물처럼. 그러니 외로움이 자라는 땅을 촘촘히 파헤쳐 보지 않은 채, 원인을 개인에게 전가하는 방식은 피상적이다. 외로움은 실감하기 전부터 이미 존재하는 하나의 구조체다.

외로움의 싹이 무수히 움트는 땅을 발견했다. 누구나 당사자가 되지만 관심이 모이지 않는 곳, '노년을 위한 집'이다. 2025년이면 65세 인구가 전체의 20%를 넘는 초고령사회로 진입하는 한국에서 노년은 결코 소수가 아니지만, 그들이 머물 수 있는 장소는 지극히 단편적이다.

노화는 조금씩 그러나 성실하게 찾아온다. 유연성이 떨어지고, 앉고 일어서기가 어려워지다가, 몸을 숙이거나, 굽히거나, 들어 올리거나, 접거나, 돌리기가 차차 힘겨워진다. 시대에 따라 변화하는 소비자를 위해 집은 꾸준히 그 모습을 바꿔왔지만, 노년의 신체에 적합한 집은 잘 보이지 않는다. 쉬이 올라가지 않는 팔을 위한 높낮이가 조절되는 주방 상부 장, 휠체어나 보행 보조기 등 이동 보조기구를 사용하는 이들을 위해 단차를 최소화한 진입로, 그들의 앉은키에 맞는 주방 개수대나 식탁과 책상, 미끄럼 방지 타일과 굽어가는 허리에 맞춰 높낮이가 조절되는 세면대 등. 국내에는 노년의 집을 전문으로 하는 인테리어 업체나 건축사 사무소가 없어, 신체에 맞는 제품은 개인이 직접 하나씩 찾아 구매하거나 개별적으로 의뢰해서 제작해야한다. 살던 집에서 나이 들고 싶은 노인은 열 명 중 여덟 명이 넘는다. 그러나 노화하는 몸은 평생 살았던 집에서도 점차 소외의 대상이 된다.

　오랜 시간 거주한 집을 떠나 갈 수 있는 곳은 '시설'이다. 노인을 위한 시설은 양로시설, 양로원, 실버타운, 요양원, 요양시설, 요양병원, 시니어주택 등 수많은 이름으로 다양하게 불린다. 이 중 노인복지법상 공식적으로 쓰이는 명칭은 양로시설과 요양시설이다. 실버타운이나 시니어주택은 고급형 양로시설을 지칭하는 마케팅 용어로, 시장의 수요에 따라 명칭이 바뀌곤한다. 요양병원은 의료법에 의해 설립되는 '의료시설'로 분류한다. 양로시설과 요양시설을 구분하는 기준은 '스스로 움직일 수 있는가'에 있다. 65세 이상의 거동이 가능한 노인은 양로시설과 양로원, 실버타운, 시니어주택으로 간다. 한편 거동이 불편한 이들은 요양시설, 요양원, 요양병원으로 향한다. 전자는 목적이 '주거'에 있고, 후자는 '돌봄'에 있다. 한 노인복지 전문가는 전자는 자의적인 선택으로 걸어 들어가는 곳, 후자는 보내지는 곳이라고 말하기도 했다.

주거 목적의 시설 중 가장 인기가 많은 곳은 도심이나 도시 근교에 위치한 실버타운이다. 수억 원의 보증금을 예치하고 한 달 월세와 관리비로 수백만 원을 지불해야 하지만, 예약 후 수년이 지나야 입소할 수 있다. 그럼에도 불구하고 선호도가 높은 이유는 사회적 활동이 가능한 환경을 제공하기 때문이다. 교통편이 좋아 가족과 친지를 만나기 쉽고, 스포츠 프로그램이나 전시 등 커뮤니티를 형성할 수 있는 활동도 많다. 입소자 자신이 주체가 되는 곳에서 '나'를 확장하며 새로운 관계를 형성할 가능성이 높아진다. 그러나, 실버타운 역시 최선의 선택지가 될 수 없다. 현재까지 국가차원의 금전적·제도적 지원이 없어서, 운영을 위한 자금 확보 방안은 입소자가 지불하는 관리비를 올리는 것뿐이다. 서울이나 수도권에 위치해 수요가 끊이지 않는 업체가 아니라면 자금난으로 문을 닫는 경우가 많다. 흔히 나이 든 몸이 비교적 안락하게 머무를 마지막 장소로 실버타운을 떠올리곤 한다. 하지만 치매 등 건강상 문제로 거동이 불가한 상태가 되면, 법에 따라 요양시설로 옮겨 가야만 한다. 노화하는 몸이 정착할 수 있는 장소는 좀처럼 쉽게 찾아지지 않는다. 이곳에서 저곳으로 계속해서 옮겨 갈 뿐이다.

　무료 또는 저렴한 요금으로 식사 등 일상생활에 필요한 편의를 제공하는 시설인 양로시설은 또 다른 선택지가 될 수 있다. 그러나 노년 인구가 빠르게 급증하는 현 상황과는 모순적으로, 양로시설과 그 이용자의 수는 꾸준히 감소하고 있다. 양로시설에 입소하면 서너 명이 한 방에서 공동생활을 하게 된다. 스포츠 시설이나 커뮤니티 프로그램 혹은 심리 상담 등 정서적 프로그램도 마땅치 않다. 우연히 '동기'가 된 이들은 살아온 환경이 전혀 달라 좀처럼 친해지지 못한다. 밭게 붙어있는 1인용 침대와 개인용 사물함, 여기까지가 자신의 자리라고 경계 짓는 개인용 커튼. 어떤 신체도 주어진 영토 바깥으로 쉬이 나가지 않는다. 다른 몸과 대화를 주고받거나 서로의 영역을 오가지도 않는다. 복수의 눈동자가 방 한가운데 위치한 TV만을 응시할 뿐이다. 그 결과일까. 양로시설은 거동이 가능한 65세 이상 노인은 누구나 이용할 수 있지만, 입소자 가운데

60대는 약 9%에 불과하고 80대 이상이 전체의 60%를 넘는다. 다시 말해, 입소자 대부분이 부분적인 돌봄이 필요한 이들이다. 한 연구에 따르면 양로시설 입소 후 우울증이 의심되는 노인 비율이 10%를 넘고, 난청 및 인지 기능 저하, 치매 등으로 요양시설로 이전되는 경우도 적지 않다고 한다. 양로시설은 설립 목적과 형태, 혜택 대상자의 욕구가 서로 맞지 않아, 즉 제도상의 문제로 입소 희망자가 꾸준히 줄어들고 있다.

개인의 주체성과 신체적·정신적 안정을 보장받고, 사회적 활동을 영위하며, 살아온 시간을 존중받는 장소가 노년을 위한 이상적인 시설일 것이다. 그러나, 다수의 노인은 시설 입소를 사실상 사회적 사형 선고로 여긴다. 시설에 입소하는 순간 자신이 그곳의 향유자가 아님을, 활동하는 몸이 아닌 1인용 침대 위에 고정된 몸으로 여겨진다는 것을 본능적으로 느끼기 때문이다.

노년을 위한 집과 시설. 노화된 신체를 위한 적절한 자리가 좀처럼 보이지 않는다. 이 시설에서 저 시설로, 외로움이 형성되는 땅을 계속 부유한다. 이는 2024년 기준 993만 명에 이르는 노년 인구, 더 나아가 나이 듦의 당사자가 될 모두의 이야기이기도 하다.

나이 드는 몸과 노년의 집에 관해 새로운 시각을 주조할 기회는 우연히 찾아왔다. 2022년 9월, 프랑스 문화부와 예술 레지던시 '에샹죄르22' 초대로 국제 큐레토리얼 워크숍에 참여했다. 여기서 브라질 사진가 카로우 셰지아크를 만났다. 관계성을 주제로 작업을 꾸리는 그의 작품 발표를 듣던 중, 'Possibly, Here'라 명명된 사진 연작을 보았다. 브라질 리우데자네이루의 '카자지 베타니아', 다시 말해 '베타니아의 집'이라고 불린 양로시설 거주민들의 초상 사진 시리즈다. 셰지아크가 그곳에서 5년간 자원봉사로 요가 수업을 진행하면서 관계를 맺은 노인들에게 크리스마스 선물로 주려고 촬영한 사진이었다. 초상 사진 속 노인들은 침대에 앉아, 굽은 허리를 최대한 꼿꼿하게 펴고, 삶에서 소중하게 간직했던 물건을 꼭 쥐고, 파인더 너머의 사진가를 바라봤다. 그들을 둘러싼 배경이 무엇이건 간에 당당한, 자기 선택권이 있는 모습으로 감각됐다.

　　공간은 이야기를 담아 장소가 된다. 셰지아크의

발표 후, 숙소에 돌아와 주최 측에서 배정해 준 작은 방을 둘러봤다. 1인용 침대, 창문 그리고 작은 책상과 의자. 초상 사진 속 노인들의 방과 크게 다르지 않았다. 침대에 걸터앉아 다시 사진을 생각했다. 대부분의 사람이 낯선 이의 카메라 앞에서는 얼굴이 쉬이 굳어버리곤 하는데, 사진 속 노인들은 자연스러운 표정과 부드러운 눈빛으로 사진가를 바라보고 있었다. 베타니아 양로시설이라는 장소에서 노인들과 셰지아크 사이에 형성된 관계와 함께 축적한 시간이 만들어냈을 표정이었다.

베타니아는 양로시설에 요양 기능이 더해진 곳이다. 거동이 가능한 이와 돌봄이 필요한 이가 함께 생활한다. 베타니아의 노인들은 건강 상태에 따라 새로운 장소로 옮겨지는 일 없이 익숙함 속에서 여생을 보낸다. 셰지아크는 매주 화요일 오전 10시에 요가 수업을 했다. 항상 일찍 도착해 시설의 마당과 주방, 거주민들의 방이 있는 입소 동을 거닐며, 수업 참여를 독려하는 동시에 지난 한 주 잘 지냈는지 안부를 물었다. 수업이 끝나고 점심이 가까워지던 어느 오전, 셰지아크는 아

침 햇살이 침대 위에 앉은 한 노인의 어깨를 감싸는 장면을 목격한다. 98세의 최장수 입주민인 이스테르였다. 방에 드리운 빛, 향기 혹은 냄새, 사물들. 모든 것이 그의 삶을 압축해 드러냈다. 셰지아크는 사진을 촬영해도 되냐고 조심스럽게 물었다. 그 후로 바우데미라, 사우바도르, 비바우두, 마리아 콩스탄자, 카스토리나 등 노인들이 먼저 셰지아크를 방으로 초대했고, 자신의 방을 배경으로 카메라 앞에 섰다. 사진에 담긴 공간은 좁고 높다. 1.5평 남짓한 작은 방에는 쇠창살이 달린 창과 침대, 선반 등 똑같은 가구가 있다. 그러나 노인들은 각자의 방식으로 각각 고유성을 드러낸다. 창가에 조화를 놓거나, 직접 만든 인형들로 작은 방을 극단으로 만들기도 하고, 가족과 친구의 사진으로 가득 채운 성전을 마련하기도 했다. 인생의 각 장을 대표하는 소품을 모아 삶을 압축해 놓은 듯한 작은 방들이었다.

초상 연작을 보며 노인들의 작은 선택과 셰지아크의 끊임없는 두드림을 상상했다. 나이가 들면, 새로운 신체적·경제적·정신적·사회적 조건에 맞추어 살아가야 한다. 베타니아의 노인들은 나이 드는 몸에 장착된 조건들을 조합하고 이어 붙이며 작은 선택들을 해나갔다. 낯선 이가 제안하는 요가 수업을 듣겠다는 선택, 기꺼이 불편한 몸을 움직이겠다는 선택, 방문을 열어 대화를 나누겠다는 선택, 사랑하는 사람들의 혼을 간직하겠다는 선택, 삶의 마지막 순간에 곁에 두어야 할 것들을 정하는 선택. 차곡차곡 쌓이는 주체적인 선택들은 스스로 삶을 만들어간다는 감각과, 옆방 또는 다른 건물에 살고 있는 누군가와 연결되는 기회를 만든다. 이는 시설이라는 공간에서 쉬운 일이 아니다. 신체의 불편함과 경제적 어려움, 사회적 고립이라는 상황 앞에서는 누구나 움츠러들기 쉽기 때문이다. 노인들은 선택하는 용기로 계속 서로를 연결했고, 장소의 향유자로서 양로시설에서 형성되는 외로움을 걷어냈다.

노인들의 용기 옆에는 5년간 성실하게 복도를 걸은 셰지아크가 있었다. 베타니아 양로시설의 건축 구조는 병원과 비슷하다. 건축의 역사에서 병원은 감옥의 형태를 빌려 태어났다. 병원은 감옥처럼 통제와 관리를 최우선 가치로 삼아 설계된 건물이라는 뜻이다.

주변에 흔히 있는 학교나 대학병원에서 보듯이, 베타니아는 중앙 복도 양측에 같은 규격의 작은 방이 늘어서 있다. 복도는 매우 길고 어둡다. 빛이 들어오는 곳은 복도의 시작과 끝에 난 두 개의 창문뿐이다. 요가 수업에 참여하라고 독려하며 셰지아크는 그 복도를 계속해서 걸었다. 셰지아크의 발소리는 문을 두드리듯 잠잠한 복도를 울렸다. 처음에는 굳게 닫혀있던 문들이 시간이 흐르며 하나둘 열렸다. 자기 방에 셰지아크를 초대하는 노인들의 신호였다. 방으로 들어온 햇살이 문을 통과해 복도를 어슷하게 비추었다. 셰지아크는 그것을 '빛의 기둥'이라고 불렀다. 베타니아의 복도는 기둥들로 점차 밝아졌고, 먼저 문을 열고 자신의 이야기를 꺼내는 노인들이 속닥거리는 소리로 채워졌다. 그들에게 베타니아라는 시설은 시간과 이야기, 애정, 연민, 고마움이 뒤얽힌 관계를 담은 공간, 곧 '집'이 되었다.

"정말 내 머리가 이만큼 셌어?"
"이게 나야? 내 모습을 너무 오랜만에 봐."

"넌 정말 못생긴 할망구야. 그래도 사진은 꽤 귀엽게 나왔군."

　　노인들은 사진을 받아 들고 놀라거나, 친구를 놀리거나, 사진의 인화비가 아깝다며 애정 어린 잔소리를 늘어놓거나, 고마운 마음이 담긴 눈물을 보였다. 노인들이 평소 자신의 모습을 자세하게 살피지 않았음을 짐작할 수 있다. '나'의 모습을 보고, 드러내고, '서로' 마주 보는 일이 중요한 이유가 여기에 있다. 외로움을 끊어내기 때문이다.

　　외로움의 땅 위에서 할 수 있는 첫 번째 일은 자신을 직면하고, 사회에서 자꾸만 감추는 나의 이미지를 드러내는 것이다. 다음은 비슷한 외로움을 모으는 일이다. 친구의 사진을 함께 보고, 서로 살아온 시간을 이야기하고, 미래를 꿈꾸고, 발화된 이야기를 기록하는 일. 이 일련의 행위는 서로의 눈을 통해 겹쳐지는 상像을 만든다. '나'를 투영할 수 있는 이미지가 없던 외로움의 땅에 끼어들어 '보이게' 만들고, 주변과 '연결'되게 한다. 10여 년 전 촬영한 셰지아크의 사진이 의도하지 않았지만 노인들의 존재를 세상에 드러냈고, 그 초상 연작을 우연히 접한 이로 하여금 외로움의 토대를 뿌리까지 탐험하게 하고, 외로움을 끊어내는 시도를 그러모아 책으로 펼쳐내게 한 것처럼 말이다.

　베타니아 양로시설에 찬사를 보내려고 이 글을 쓰지는 않았다. 베타니아는 한국의 실버타운과 비교하면 매우 낡고 작은 시설이다. 다만, 그들이 만난 작은 우연과 조금 더 나은 제도를 살피고자 했다. 자기만의 작은 방, 노인들을 위한 운동 프로그램을 만들고자 한 이방인, 이를 곧바로 실행한 시설의 행정, 낯선 공간에 익숙해지려고 고군분투하지 않아도 한 시설에서 삶을 마무리할 수 있는 구조, 그리고 용기 있는 노인들과 셰지아크. 이들의 이야기는 노년을 위한 집이 어떤 장소여야 하는지, 초점을 누구에게 맞춰야 하는지 유추할 단서를 준다.

　더불어 노인들과 형성한 관계가 단순히 작품의 소재로 여겨지지 않았으면 하는 마음에 전시를 조심스러워한 셰지아크의 이야기를 덧붙인다. 〈Possibly, Here〉 연작과 베타니아의 이야기를 책에 싣고 싶다고 처음 요청했을 때, 작가는 망설였다. 사진이란 매체가 예술이라는 명목하에 때로는 매우 게걸스럽게 누군가의 삶을 박제하기 때문이다. 베타니아의 사진들은 소중한 친구와 가족의 사진이기에, 촬영된 후 전시 목적으로 대중 앞에 선 적이 없었다. 시간이 꽤 흐른 뒤 셰지아크에게 다시 연락이 왔다. 베타니아에 다녀왔고 그들과의 시간을 회고한 에세이를 집필했다고 했다. 자신의 사진과 글이 노년을 새롭게 바라보는 시각을 주조할 수 있다면 사용해도 좋다고 전했다.

시선은 가장 미시적인 형태의 권력이다. 어디를 얼마만큼 자주 보는지에 따라 고정 관념에 균열이 생긴다. 베타니아의 주인공들이 정지된 존재로 인식되는 노인을 유쾌하고 입체적이며 동적인 존재로 전복한 것처럼 말이다. 그들이 자기 모습을 직면할 수 있도록 양로시설 복도에서 계속 문을 두드린 한 사진가처럼, 이 책은 우리 사회의 닫힌 문을 열고자 한다. 손과 눈이라는 두 가지 도구와 함께한다. 페이지를 넘기는 손짓들은 문 너머 세상으로 향하는 움직임이다. 과감히 손잡이를 돌려 문을 열고 서로 만날 것이다. 활자 사이를 오가는 눈들은 다종의 외로움이 자라는 여러 땅을 발견할 테다. 타인을 보듬는 눈은 토대의 질서와 규칙을 헤집어 외로움의 씨앗과 뿌리를 솎아낸다. 결국, 외로움의 땅에는 한 대상을 있는 그대로 긍정하는 수많은 개인의 시선만이 남을 것이다.

　이제 외로움의 땅을 파헤치는 여정을 시작한다. 외로움의 구조를 읽어내고, 그 원인을 개인에게 전가하던 단편적인 관례를 끊어내며, 외로움을 형성하는 단단한 토대에 끼어들기를 두려워하지 않는 맑은 눈의 연대를 도모한다.

"올해 좀 더   자랐지."

우리도 마찬가지였다.

발
아
하
는

외
로
움

1

외로움을 향한 복수의 시선들

— 김원영 —

외로움을 향한 복수의 시선들

─ 김원영 ─

그림책『정육점 엄마』[1]는 정육점을 운영하며 억척스럽게 살아가는 엄마와 열 살 초등학생 은정이의 이야기다. 은정이의 부모님은 서울 성북구에서 정육점을 운영하며 은정이와 은정이 동생을 키운다. 정육점을 책임지는 엄마는 1년 내내 거의 하루도 쉬지 않고 매일 아침 정육점 문을 열고 큰 칼로 고기를 썬다. 가게는 손님뿐 아니라 이야기를 나누러 온 동네 아주머니들로 복작거려서, 엄마는 종일 정신이 없다. 그림을 좋아하는 초등학생 은정이는 반에서 미화부장이 되지만 엄

---

[1]   권은정,『정육점 엄마』, 월천상회, 2021.

마가 너무 바쁘니 자랑할 틈이 없다. 은정이는 가게 위 다락방에 박혀서 혼자 그림을 그린다. 엄마는 가끔 다락방의 은정이를 불러 배달 심부름을 시켰다. 그날도 동네 약수터에 모인 아저씨들에게 고기를 가져다주라며 은정이를 불렀다. 신문지에 싼 고기를 담은 검은색 봉투를 손에 들고, 은정이는 터덜터덜 약수터로 걸어간다. '무슨 약수터에서 고기를 먹는담' 은정이는 봉투를 힘껏 빙빙 돌려버린다. 그러다 봉투가 찢겼다. 어쩌지. 은정이는 신문에 말린 고기가 너무 창피하다. 주워들고는 얼른 약수터로 달려가 아저씨들을 보자마자, 고기를 휙 던져버리고 줄행랑을 친다. 정육점에 돌아오니 엄마가 손님들에게 전화로 연신 사과를 하고 있었다. 엄마에게 혼날까 전전긍긍하는 은정이에게 엄마는 씻고 자라고 말할 뿐이었다. 밤이 되어 은정이와 동생이 잠든 방에 엄마가 들어온다. 엄마는 잠든 은정이의 볼에 얼굴을 비비며 속삭인다.

"은정아, 엄마가 미안해."

10년쯤 지나 은정이는 서울의 명문 미술대학에 합격했다. 은정이의 부모님은 모두 미술에 문외한이었다. 은정이는 부모님과 함께 미술관을 가본 적도 없었다. 그래도 엄마는 그 대학이 아주 훌륭한 학교라는 걸 알았고, 정육점에 놀러 오는 동네 아주머니들에게 늘 자랑스럽게 은정이 이야기를 했다. 은정이의 삶은 성북구의 오래된 마을, 정육점이라는 장소를 떠나 서울 중심가, 미술대학에서 다시 시작되었다. 은정이에게 그 시간은 이전까지는 경험하지 못한 세계였다. 하지만 은정이는 조금 외로웠다고 한다. 친구 대부분이 은정이와 많이 달라서다. 엄마는 그때까지도 계속 성북구에서 정육점을 운영했다. 은정이는 두 세계 사이에서 방황했다. 은정이는 자신만의 길을 찾아 나섰고, 1997년 대학에서 멀리 떨어진 경기도의 한 장애인 특수학교에서 미술 수업을 시작했다.[2]

2 은정이가 대학에 진학한 후의 이야기는 위 그림책에는 나오지 않는다. 책이 출간된 이후 지은이 권은정과 내가 2021년 서울 시청 근처 카페에서 만나 직접 이야기를 나누며 알게 된 사실이다.

매주 목요일 6교시 특별 활동을 기다렸다. 권은정 선생님을 만나는 시간은 그림 그리기 수업이라기보다는 '특별한' 수다를 떠는 시간처럼 느껴졌다. 나 외에 서너 명의 동기나 선배가 수업을 함께 들었다. 가끔은 잘 기억나지 않는 어떤 이유로 선생님과 나 둘이서만 특별 활동 시간을 보냈다. 나는 장애학생만 모인 특수학교를 다니며, 바로 옆에 건물로 이어진 장애인 청소년들이 거주하는 생활시설에서 살았다. 그 안에서 나는 '기능적'으로 장애가 덜했고, 스스로 똑똑하다고 생각했다. 종알종알 잘난 척도 자주 했다. 그러면 선생님이 말했다. "너 『데미안』은 읽었냐?" '데미안이 뭐죠?'라는 표정을 지으면, "그런 책도 안 읽고, 야 무슨 똑똑한 척이야" 했다. 그러면 나는 다음 날 그 책을 찾았는데 특수학교의 작은 도서실에는 책이 거의 없었다. 한번은 내가 술병과 모자, 과일 같은 것이 놓인 탁자와 탁자 뒤쪽으로 열린 창문을 그렸다. 선생님에게 보여주며 어떤 이야기를 한참 설명했다("이 사과를 어떤 사람이 먹다가 중간에 모자를 벗고요 창문 밖으로…"). 선생님은 귀담아듣더니 잘했다고 말하면서도, 작가가

39

구구절절 설명하지 않아도 그림은 보는 사람에게 각기 다른 방식으로 보일 수 있다고 말해주었다.

권은정 선생님의 어린 시절에 대해『정육점 엄마』를 읽기 전까지 알지 못했다. 그저 서울에서 미술대학을 다니는 대학생이 꽤 멋지고 세련되고 똑똑하며, (어쩌면 막연히) 나와는 다른 부자거나 상류층에 속하는 사람이라고 생각했다. 그곳에 신문지로 싼 고기를 배달하러 가는 열 살 '은정이'가 있을 거라고 상상할 수 없었다.

✳

서울대학교 중앙도서관 본관 서고(3층 및 4층 단행본 자료실)에는 동서남북 네 곳에 각각 화장실이 있다. 이곳 화장실의 구조는 도서관 내 다른 화장실들과 유사하나 주위 환경은 퍽 다르다. 화장실들은 서고 외벽의 각 꼭짓점에서 서고 중심을 잇는 네 개의 직선 가운데 각각 위치하는데, 어디나 책이 가득한 단행본 자료실이므로 화장실 주위도 책들이 감싸고 있다. 외벽과 멀

어 창문이 없으므로 환풍기가 큰 소리를 낸다. 도서관에는 화장실이 여러 곳 있기에 단행본 자료실 안쪽은 이용자가 드물다. 센서로 작동하는 조명은 문을 열면 몇 번 깜박이다가 침침하게 눈을 뜬다. 물이 있지만 이용자가 적어서 공기는 서고만큼 건조하다.

동서남북 네 개의 화장실 가운데 한 곳에 휠체어 표시가 붙은 용변 칸이 있다. 다른 곳에 비해 크기가 다소 넓다. 이제는 먼 과거가 된 어느 시절, 학교에서 수업을 듣는 학생 신분의 나는 종종 열람실 한가운데 설치된 이 휠체어 이용자용 용변 칸에 처박히고는 했다. 이용자가 드물기에 거기 들어가 잠시 움직이지 않으면 조명이 꺼지고, 빛이 들어오지 않는 공간에 환풍기 소리만 들렸다. 대학은 3월이 되면 신입생들로 시끌 벅적했고 그때마다 나는 어쩔 줄 몰랐다. 일단 중앙도서관으로 피신하면 두껍고 오래된 도서관 본관 건물이 봄날의 볕에서 나를 보호했다. 도서관 안쪽이라고 사정이 아주 다르지는 않았다. 거기서 온갖 학생들이 전쟁을 치르듯 고시 공부를 했다. 이 전쟁에서 가장 떨어진 곳은 서고였고, 안쪽 화장실에 웅크리면 거의 맨틀

아래층에서 몸을 웅크리는 것과 다름이 없어서 태양풍도 막을법했다.

　　그 시절 학교는 장애인 편의시설이 확충되기 전이라 불편하고 접근할 수 없는 공간들로 가득했다. 휠체어를 탄 학생들이 수업을 듣는 일은 아직 드물었다. 200명이 듣는 1학년 필수교양 수업에서 나는 맨 앞줄 별도의 책상에 앉아 강의를 들었다(뒤로는 199명이 계단식 좌석에 앉아서 교수와 내 뒤통수를 내려다보았다). 어디를 가든 일종의 '무대'가 열렸으므로 쉬는 시간에는 '서고 화장실'(무대 뒤편)로 도피하는 편이 좋았다.

2023년 10월, 대학원에 재학 중이던 학생이 중앙도서관 서고 화장실에서 스스로 목숨을 끊었다. 언론은 학업 부담 때문이었다고 보도했다.

2024년 1월 오랜만에 도서관을 방문해 그 화장실에 들어가 보았다. 과거와 풍경은 크게 다르지 않았는데, 화장실 문에는 긴급한 정신적 위기 시 언제든 상담을 해주는 24시간 콜센터 전화번호가 붙어있었다(스티커의 상태로 보아 2023년 10월 이전에 붙인 것이다). 여전히 환풍기가 큰 소리로 돌아가는 그 화장실 거울을 들여다보았다. 매끈한 거울 아래로 내 얼굴만이 반사되고 있었다.

한국계 미국인으로 저신장 장애dwarfism를 가진 예술가 로라 스완슨Laura Swanson의 안티–초상화 연작 가운데는, 화장실 세면대에 비친 자신의 모습을 찍은 작품이 있다. 이 연작에서 스완슨은 (본인이 분명해 보이는) 저신장 장애를 가진 몸을 욕조의 거품으로 가리거나 몸만큼 큰 베개 뒤에 숨긴 장면, 얼굴을 잡지 속 다른 얼굴 뒤에 숨긴 모습 등을 사진으로 담았다. 화장실 세면대 앞 '안티–초상화' 작업에서는 세면대의 기다란 거울에 스완슨의 정수리 쪽 머리카락만이 사진 아랫부분에 슬쩍 드러나 있다.[3] 스완슨의 키는 120cm 정도다. 휠체어 위에 앉아있는 내 몸의 높이와 비슷하다.

[3]   Laura Swanson, *Anti-Self-Portraits,* 2005~2008.

장애인의 몸을 응시하는 시선의 욕망을 화장실의 '비장애인 중심적' 구조를 드러내는 가운데 폭로하는 이 작품은 탁월하고 흥미롭다. 스완슨은 한 인터뷰에서 자신의 안티-초상화 연작이 관습적이지 않은 존재를 오래 바라보고자 하는 욕망에 관한 작업이라고 말한다.[4] 이 '안티-초상화' 연작은 '응시하려는 욕망'의 초상들인 셈이다.

　타자의 시선으로부터 철저히 도피하는 사람이 그 시선의 욕망을 폭로하는 실천가로 전환되는 일은 어떤 조건에서 가능할까? 이를테면 서고 구석 화장실에서 휴식을 취한 후 세면대의 거울을 들여다보다가, 그 거울과 세면대의 높이를, 도서관 앞 계단을, 강의실에 따로 놓인 책상을 문제 삼는 도약은 언제 어떻게 일어

---

[4]　Laura Swanson의 인터뷰. 다음 글에서 인용. Kristin Lindgren, "Looking at Difference: Laura Swanson's *Anti-Self-Portraits*, Diane Arbus's Portraits, and the Viewer's Gaze", *Journal of Literary & Cultural Disability Studies,* Volume 9, Issue 3, 2015, pp. 277~294.

나는가? 내가 아는 유일한 방법은 외부의 환경과 조건들을 '나'와 불화하는 객관적 힘들의 구현물로 재구성하는 '시점'을 획득할 때다. 이 시점을 확보한 주체는 가령 '술병과 모자가 있고 사과가 있고 열린 창문이 있는' 풍경이 어떤 이야기의 결과인지를 자신만의 이야기로 해명한다. 중앙도서관 서고가 있고 그 안에 화장실이 있고, 그 밖으로는 2000년대 초반 장애인 편의시설이 없던 시절 대학을 활보하는 장애가 없는 20대들의 몸이 한가득 있었다고. 로라 스완슨이 자신의 신체를 감춘 '안티-초상화'를 통해 응시하는 욕망들의 초상을 그리듯, 나는 학교 중심의 공동空洞-화장실에 몸을 숨긴 스무 살 장애인의 몸을 통해 당대 '비장애인'만의 장소인 대학 캠퍼스를 드러내고 있다. 이것은 꽤 효과적이고 어떤 면에서 필수적인 전략 같다. 그러나 문제가 있다. 이런 식의 분투는, 여전히 외롭다는 것이다.

카로우 셰지아크의 〈Possibly, Here〉 연작 중 첫 번째는

98세의 이스테르가 태어난 지 8개월 만에 세상을 떠난 딸의 사진을 안고 있는, 요양원의 작은 방에서 카메라를 응시하는 사진이다. 사진 속 이스테르는 남루하고 작은 방에서 생의 마지막을 보내는 외로운 노인의 모습이기는 하지만, 깊고 오래된 사랑의 주체로도 보인다.

　보통은 이와 유사한 맥락, 그러니까 사회로부터 어떤 이유에서 소외된 사람들이 집단으로 거주하는 작은 공동체를 방문한 외부자가 그곳의 사람을 응시하려 할 때는, 응시의 '대상'을 향한 응시 주체의 윤리적 욕망이 쉽게 드러난다. 이런 시선들에 사로잡힌 작품은 살아있는 타자들을 '풍경'의 일부로서 담아낸다. 이때 풍경이란 응시하는 자의 '내적 시선'이 포착하고 재구성한, 그의 시선에서 직조된 외부 세계다.

　일본의 비평가 가라타니 고진은 1898년 소설가 구니키다 돗포가 발표한 소설「잊을 수 없는 사람들」을 통해 '풍경'과 내면성의 관계를 포착하고 있다. 소설의 화자는 어느 날 증기선 갑판 위에서 인생에 대한 상념에 빠져있다가 인근 섬 갯벌에서 조개를 줍는 한 남자를 본다. 이상하게도 그 남자를 이후에도 결코 잊을 수 없었다. 화자는 세상에는 '잊어서는 안 될 사람'(스승이나 신세를 진 친구 등)이 있는 반면에, 보통은 잊어버려도 상관없지만 이상하게 '잊을 수 없는 사람'이 있다고 말한다. 왜 잊을 수 없는 걸까. 가라타니 고진은 소설 속 화자가 '섬에서 조개를 줍는' 남자를 일종의 '풍경'으로 인식하고 있음을 지적한다. 여기서 풍경이란 내적인 시선을 통해 외부 세계를 포착할 수 있는 인간, 즉 내적 인간inner-person에게 발견되는 것이다.[5]

내적 인간에게 드러난 풍경은 구체적인 타자와는 아무 상관이 없다.[6] 섬에서 조개를 줍는 사람은 완전히 다른 사람이었어도 무방한 것이다. 어떤 환경과 대상들이 여기서 말하는 '풍경'으로 드러날 때를, 우리는 농촌에서 목가적인 아름다움을 느끼는 도시민들의 시선에서 찾을 수 있다. 그들에게 '농촌'이란 구체적인 생

5   가라타니 고진 지음, 박유하 옮김, 『일본근대문학의 기원』, 도서출판b, 2010, 33~37쪽.

활 세계의 경험과 무관하다. 풍경의 또 다른 사례는 바로 시설institution을 방문한 외부자들의 눈에서 포착된 세계다. '노인요양원', '장애인을 위한 거주시설이나 특수학교'를 방문한 정치인, 자원봉사자, 그리고 예술가에게 시설은 풍경이다. 거기서 살아가는 사람들은 정치인, 자원봉사자, 예술가 개개인에게 각각의 윤리적, 정치적 의미를 표상하는 추상적 타자다. 그들은 인간

6   소설 「잊을 수 없는 사람들」은 화자 오쓰가 자신이 배 위에서 본 '조개를 줍는 남자' 이야기를 담은 원고를 여관에서 우연히 알게 된 아키야마에게 보여주는 장면으로 이야기를 시작한다. 그리고 2년의 시간이 흘러, 소설의 마지막 부분에는 오쓰가 자신이 쓴 글 마지막에 하나의 이야기를 덧붙였음을 보여준다. 그 추가된 부분에는 자신이 '잊을 수 없는 사람'에 대한 이야기를 '카메 여관의 주인'에게 말했다는 장면이 담겨있었다. 즉 오쓰는, '아키야마'라는 구체적인 타자를 벌써 잊어버린 것이다. 그는 섬에서 조개를 줍는 '풍경으로서의 타자'는 결코 잊지 못했지만, 구체적으로 만났던 자신 앞의 타인에게는 냉담한 인물로 그려진다(위의 책, 37쪽).

의 경제 사회적 불행을, 종교적 부당함을(혹은 선량한 신적 영혼을), 정치적 불의를, 실존적 외로움의 풍경을 시설에서 마주한다. "거기서 지내는 아이들의 천사 같은 눈망울을 잊을 수 없었어요"라고 고백하는 선량한 자선가의 자원봉사 후기는 낯설지 않다. '잊을 수 없는 아이들/노인들'이 그곳에 있다.

하지만 이 시선은 '외부자들'의 전유물이 아니다. 그 시설에서 살아가는 사람 중 일부는 순순히 '풍경' 이 되기를 거부한다. 따라서 어떤 종류의 투쟁을 통해서, 그곳을 찾아와 자신들을 응시하는 외부자들을 정작 풍경의 일환으로 전도시키는 시점을 획득한다. 바라보는 자들을 문제 삼는 '바라봄'이 이렇게 탄생한다. '천사 같은 눈망울' 운운하는 자원봉사자들의 천편일률적인 모습은 시설에 살고 있는 사람의 시선에 '풍경' 으로서 포착된, 추상적인 타자들이다.

*

카로우 셰지아크는 사진 속 요양원에 거주하는 노

인들과 5년간 요가 수업을 진행했고, 어느 날 이들의 모습을 사진에 담아 크리스마스 선물로 주었다. 〈Possibly, Here〉 연작에서 공개된 사진들은 애초에 전시를 목적으로 촬영된 것이 아니었다.[7] 셰지아크의 사진에서 노인들을 '풍경'으로 다루려는 시선은 보이지 않는다. 시선 자체가 어떻게 보이거나 보이지 않는다는 걸까. 노인들의 눈빛이 셰지아크의 시선을 '보여'준다. 오래 우정을 쌓아온 사람에게 자신을 내보이는 사람들은 외로움을 숨기지 못할지언정 시선에 맞서 싸우지는 않는다.

지역 사회에서 멀리 떨어진 곳에 고립된 요양원, 어떤 몸들의 참여를 배제하는 대학 캠퍼스. 10대 소녀의 이야기가 들리기 어려운 정육점. 어떤 장소들을 구획하고 유지하는 '구조적 힘'——그 장소의 건축디자인, 도시로의 접근성, 정치적 이유로 불균등하게 분배된

7   이에 관한 이야기는 이 전시의 기획자이자 이 책의 공동
저자 정수경에게서 들은 것이다.

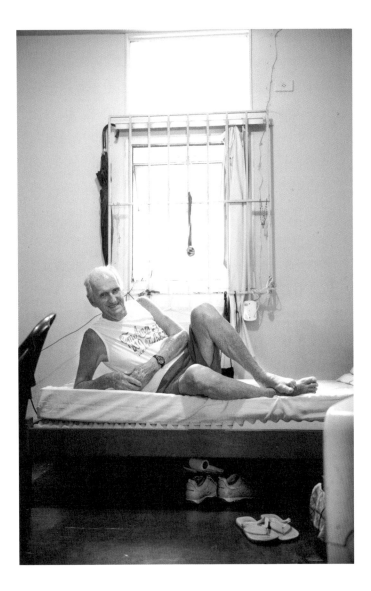

상호 작용의 기회들 때문에 우리 중 누군가는 철저히 혼자가 된다. 그 시간은 대개 외롭고 쓸쓸하다. 하지만 종종 우리를 더 외롭게 만드는 건, 그 장소에서 외로움과 싸우며 우리가 획득하는(혹은 선택할 수밖에 없는) '시점'이다. 나를 배제하는 장소를 나름대로 해명하기 위한 시선은 나 외의 세계를 풍경화化 한다. 거기서 나 외의 타자들은 추상적으로 존재하고, 언제든 대체가 가능한 구조의 요소들로 드러난다. 2003년 도서관 한가운데로 숨어든 내게 도서관 바깥을 돌아다니던, 1980년대에 태어난 그 20대들은 누구로 대체되어도 무방하다. 그러나 잘 생각해 보면, 정말 그럴 수 있을까? 내 곁에는 분명 나의 사회 계층, 장애 유무와 상관없이, 맨 앞줄 휠체어석에 혼자 앉아 듣는 수업이 끝나면 저 뒤쪽 자리에서 얼른 내려와 말을 걸며 함께 강의실 밖으로 나가던 김경민, 김망울, 김정환, 이지혜, 전현수…라는 개인들이 있었다.

정육점 위층 다락방에서 혼자 그림을 그리며 자신이 이해받지 못하는 세계로부터 도망친 은정이에게는, 늦은 밤 자신의 볼에 얼굴을 맞대어 준 엄마가 있었다. 엄마는 은정이를 깊은 외로움의 입구에서 구해냈고, 나아가 은정이가 다락방 위에서 정육점이라는 세계를 재구성하는 '내적 시선'에만 갇히지 않는 다른 길을 보여주지 않았을까? (『정육점 엄마』 속 그림은 신문과 각종 잡지에서 오려낸 글자들의 콜라주다. 작가 권은정은 자신의 추억을 생생하게 재현하지만 그 시선은 무수한 형태와 기호들의 '복수적 조합'을 매개 삼는다.) 아마 그 기억이 대학생이 된 은정이를, 자신과 '다른' 친구들 사이에서 방황하던 은정이를 중앙도서관 화장실이 아닌 저 먼 곳의 특수학교로 가게 한 힘이 아니었을까? 은정이는 그곳 특수학교(시설)에서 약간은 반항적인 청소년이라면 쉽게 사로잡힐지도 모를 '내적 시선'의 맹점을 알려주었던 것이다. 술병, 사과, 모자, 열린 창문을 보는 '타자의' 시선이 있을 수 있다고. 나는 너를 풍경의 일부로 보고 있지 않다고.

우리는 어떤 조건, 특질, 배경 때문에 특정 장소들에서 배척된다. 이 장소들의 역학을 문제 삼는 것은 중요한 일이다. 다만 그것에 맞서는 과정에서 우리가 취하는 어떤 시선('내적 시선')은 우리를 거대한 풍경 앞

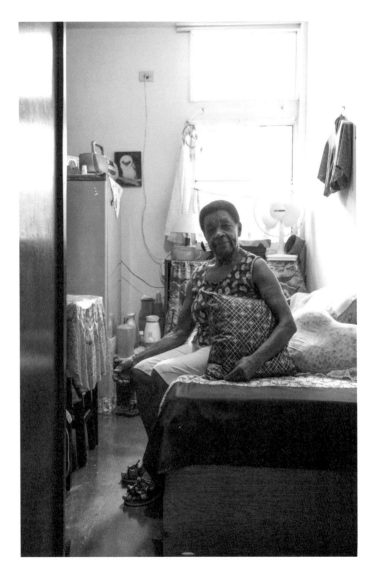

에 완전히 홀로 남겨둘지도 모른다. 그렇기에 우리는 이 세계를 바라보는 복수의 시선이 있음을, 바라보는 복수의 방법이 있음을 배워야 할 것이다.

"어머니, 아버지, 여동생…

그리고 나.

여기.
아마도, 여기."

카로우 셰지아크는 〈Possibly, Here〉를 찍고 수년이 흐른 후에 베타니아를 다시 찾았다. 5년 동안 매주 화요일에 열린 요가 수업, 우연히 이스테르의 사진을 찍게 된 순간, 우정, 빛나는 존재들, 카메라를 응시하던 눈빛, 발화하지 않아도 깊이 나눈 이야기가 여전히 생생하게 그곳에 있었다. 작가는 이를 회고하며 「작가 노트」를 기록한다.

작
가

노
트

아마도, 여기 Possibly, Here

— 카로우 셰지아크 Carol Chediak —

아마도, 여기

— 카로우 셰지아크 —

그녀는 두 팔 벌려 나를 환영하려고, 경사로 꼭대기에서 난간을 쥐고 자기 몸에 지팡이를 잠시 기대어 두었다. 창문으로 들어오는 빛이 팔을 비춰 윤곽을 만들고, 손가락 하나하나가 무한히 뻗어나가는 공간을 그려낸다. 튼튼한 두 다리와 아무 말이나 곧이곧대로 듣지는 않는 지혜로운 귀를 가진 도나[1] 이스테르는 이제 막 100세를 앞두고 있었다.

[1]   포르투갈어에서 'dona'는 영어의 'Mrs.'와 같은 범용 호칭이며, 여성에 대한 경의 또한 담고 있다. 작가는 베타니아 양로시설에서 가장 연장자였던 이스테르에게 존경의 의미를 담아 '도나 이스테르'라 불렀다.

매주 화요일 오전 10시면 나는 리우데자네이루에 있
는 양로시설 '베타니아Bethania'의 작은 철문으로 들어
갔다. 양로시설 — 사람들이 그곳에 살고 있었으므로
이제 '집'이라고 부르기로 한다 — 문 앞에서 수업[2]이
시작될 때까지 40분 동안 느긋하게 포옹하고 소소한
대화를 나누다 보면 시간이 훌쩍 지나가곤 했다.

낮은 담벼락과 집 사이에 있는 뜰에는 다양한 채
소를 심은 작은 화분들이 집으로 가는 길을 따라 줄
지어 있었다. 매번 첫 번째로 들르는 곳은 아침 햇살을
맞이하는 의자들이 늘어선 현관이었다. 그곳에 앉아
거리의 움직임을 가만히 보고 있으면, 도착한 첫 순간
에 나의 존재감이 배로 불어나는 것처럼 느껴졌다. 조
금씩 바깥세상을 잊고 마리아 조제, 이다이우자 그리
고 제오르지나와 함께 따뜻한 햇살의 아늑함에 푹 빠
져들었다. 그들은 애정 어린 말로 나를 맞이하곤 했다.

---

2   카로우 셰지아크는 베타니아의 양로시설에서 5년 동안
     (2009~2014) 자원봉사로 매주 화요일 아침 요가 수업을
     진행했다.

63

나는 그들이 태양과의 성스러운 만남을 무엇과도 바꾸지 않을 거라는 사실을 단번에 알 수 있었다. 세 사람은 오직 흐린 날에만 내 수업에 합류했다.

현관에서는 안토니우와 그의 나무도 마주한다. 우리는 서서 나무를 바라보며 항상 셋이 대화를 나눴다. 안토니우, 나무, 그리고 나. 그의 느릿느릿한 말투는 어떤 말을 하려 한다기보다는 사색에 잠기고 싶어 하는 느낌이었다. 안토니우는 만날 때마다 그 나무가 어머니, 형제들과 함께 살던 집 뒷마당에 있던 것과 똑같은 무사엔다Mussaenda라고 나에게 확인시켰다. 운 좋게도 1년에 한 번 이상 분홍색 꽃이 피어 귀걸이처럼 매달렸다. 이제 이것은 단순한 말이 아니라 '확장'에 관한 이야기다. 꽃이 핀 나무는 왠지 더 커 보였고 주변의 모든 것을 자라나게 만들었다. 안토니우는 자신 있게 말했다. "올해 좀 더 자랐지." 우리도 마찬가지였다.

현관을 지나면 나오는 넓은 홀 너머 오른쪽에는 남자 동이, 왼쪽에는 행정실과 간호실이 있었다. 비바우두의 방 창문을 현관에서 본 것과 같은 황금빛 태양이 비추었다. 만약 그가 햇빛을 좋아하는 소녀들과 함께 밖에 앉아있지 않다면, 내가 집에 들어가자마자 오른쪽으로 복도를 내려다보기만 하면 때맞춰 그가 방에서 나온다는 걸 알고 있었다. 왜소한 그는 항상 보기보다 더 기운찬 모습으로 등장하려고 애썼다.

어두운 복도는 방문이 모두 닫혀있다는 신호다. 비바우두는 내가 복도 한쪽 끝에서 기다리는 동안 다른 쪽 끝에서 나타나 각 방의 문을 두드리며 나의 도착을 알리는 메신저였다. 문이 열릴 때마다 바닥에 빛이 퍼졌고, 각 방의 주인이 그 빛을 받으며 걸어오는 모습을 볼 수 있었다. 남성의 수업 참여율은 대개 여성보다 낮았지만, 그래도 나쁘지 않았다.

비바우두, 비비는 첫 만남에서 내게 '세우[3] 비비'

---

3   포르투갈어에서 'seu'는 영어의 'Mr.'와 같은 정중한 범용 호칭이다. 비바우두가 종종 여성에게 무례하다는 이야기를 들은 카로우 셰지아크가 상호 존중의 경계를 설정하고자, 처음 대화할 때 의도적으로 붙인 존칭이다. 작가에 따르면 베타니아 주민 중 몇몇은 이 호칭이 자신을 나이 들어 보이게 한다고 생각해서 좋아하지 않았다고 한다.

라는 호칭을 얻었다. 현관의 소녀들에게 그가 길 건너 편에서 술을 마시는 '카샤카 크루'의 일원이었으며, 종 종 여성을 존중하지 않고 선을 넘는다는 경고를 받았 기 때문이다. 세우 비비는 다른 나라에 살고 있는 여동 생을 30년 넘게 보지 못했다. 한번은 여행 때문에 2주 간 수업이 없다고 말했는데, 내가 자기 여동생이 사는 도시에 간다는 것을 알고 매우 신나 했다. 그는 여동생 이 좋아하는 담배 한 갑, 두 사람이 어렸을 때 함께 찍 은 사진, 오후의 대화와 차tea를 선물로 가져가 줄 수 있는지 물었다. 나는 그렇게 했다.

복도에서 세우 비비 바로 뒤로 언뜻 바닥에 비친 사우바도르의 모습이 보인다. 깡마른 체구에 백발을 하고, 천천히 걸으면서 항상 다정한 유머와 함께 듬직 한 지팡이를 대동하고 다닌다. 그는 앉으면 다시 일어 나지 못하기 때문에 늘 서있어야 한다고 말했다. 사우 바도르는 나를 보면 마치 숨바꼭질하던 아이처럼 멈 춰 섰고, 그때마다 내 안에서 "얼음!"을 외치는 그의 목 소리가 들리는 듯했다. 멈춰 선 그는 내 눈을 깊이 들 여다보며 눈꺼풀을 씰룩거리면서 장난스러운 표정으로 웃었다. 그러고는 항상 같은 동작으로 몸을 오른쪽으로 살짝 비틀었는데, 이내 척추가 건조하게 뒤틀리는 소리가 나고서 미소 띤 얼굴이 고통스럽게 찡그리는 표정으로 바뀌곤 했다. 그 반작용으로 오른쪽 팔꿈치가 들어 올려질 때, 나는 그의 통증이 척추를 타고 손가락 끝으로 퍼져나가는 것을 느낄 수 있었다. 찡그렸던 얼굴이 나를 바라보며 안도의 웃음을 지을 때에야 나도 다시 숨을 쉴 수 있었다.

사우바도르의 방을 방문하는 일은 꽤 드물었는데, 어느 날 그는 작은 TV 바로 위쪽 선반에 놓인 액자들을 친절하게 소개했다. "어머니, 아버지, 여동생." 그날 나는 사우바도르에게 직접 찍은 초상화를 선물했고, 그 후에 그가 "어머니, 아버지, 여동생… 그리고 나. 여기. 아마도, 여기[4]."라고 말하는 것을 들었다. 그날

---

4   사우바도르가 말한 "아마도, 여기Possibly, here"는 카로우셰지아크가 베타니아에서 우연히 찍은 초상 사진 연작의 제목이 되었다. 그 맥락의 연장선으로, 2023년 11월 한국에서 열린 사진전의 타이틀도 〈아마도, 여기〉로 결정되었다.

지팡이 없이 양팔을 늘어뜨린 채로 그만의 전당에 모인 가족을 응시하는 사우바도르를 바라보면서, 나는 천천히 방을 나섰다.

첫 번째 복도를 따라 내려가면 주방 옆방에 도착했는데, 식사 시간이 되면 모두 그곳에 모여 문이 열리기를 간절히 기다렸다. 식당에서 풍기는 향기가 늘 우리에게 시간을 알려주었다. 또한 부활절, 크리스마스, 새해 전야에만 즐기는 특별한 식사는 한 달과 한 해가 지나갔다고 확인시켜 주었다. 이런 날이 다가올 때면, 나는 곧 열릴 파티를 위한 장식을 만드는 일을 피할 수 없었다. 작년에 쓴 장식이 일부 남아있기 마련이었지만, 여성 주민들 사이에서는 각 행사에 맞는 새로운 장식품을 만드는 의식이 있었기 때문이다. 모두 참여하지는 않았지만, 식당이 예외적인 시간에 문을 열어 새 단장을 한다는 사실만으로도 직접 해보려는 사람들과 앉아서 구경하려는 이들의 발길을 끌었다. 장식을 만드는 동안 우리는 시간이 흘러가는 것을 손끝으로 느꼈다.

특별한 행사가 없는 평범한 날에도 작지만 확실

한 즐거움이 있었다. 식사 시간마다 거의 모든 사람이 갓 조리한 음식 냄새에 이끌려 주방 옆방에 모여들었는데, 기다리던 문이 열리는 순간에는 마치 쉬는 시간에 신이 난 아이들을 보는 듯한 기분이 들었다. 맛있는 음식을 함께 나누는 때만큼은 손목시계를 보거나 방 안의 거울을 보는 이조차 드물었다.

반대편에는 모양이 제각각인 의자들이 먼지가 쌓인 채 무더기로 모여있는 시청각실이 있었다. 미동도 없이 늘 그 자리에 있는 의자들은 쓸모없어 보였지만 왠지 모를 안정감을 주었다. 같은 방의 다른 한구석에는 책상과 아주 오래된 컴퓨터가 있었다. 언젠가 후벵스가 컴퓨터 앞에 앉아 그것을 고치겠다고 마음먹는 모습을 본 적이 있다. 그는 모퉁이에 있는 빵집에서 커피를 마시며, 자신이 고친 컴퓨터로 대서양 건너편에 있는 딸에게 메시지를 보내는 꿈을 꾸었다.

과거에 대한 향수와 미래를 향한 희망을 모두 같은 테이블에 모아둔 베란다도 있었다. 세우 비비와 후벵스는 그 테이블은 무시했고, 땀을 흘리라고 그들을 유혹하는 사이클 운동 기구에만 눈길을 주었다. 어느 여름에 기증받아 테이블과 벽 사이에 둔 실내 자전거였다. 사이클을 타면서 유치한 경쟁심을 불태우고 서로의 기록을 의식하며 웃음을 터뜨리는 시간이 종종 있었다.

둘 중 한 사람이 무언가 시작하면 다른 한 사람이 늘 기꺼이 동참했기에, 그들은 언제나 함께했다. 이 형제애 넘치는 경쟁심은 두 사람이 소중히 여기는 정서적인 근육을 단련해 주었다.

시청각실을 지나면 계단을 대체해 만든, 2층으로 올라가는 경사로가 있었다. 경사로 전체를 따라 설치된 난간은 층계를 오가는 사람들을 도와주었는데, 난간을 따라 길게 늘어선 노인들의 행렬을 볼 때면 학창 시절에 쉬는 시간마다 긴 줄을 서서 기다리던 기억이 떠올랐다.

도나 이스테르가 경사로 꼭대기에서 나를 기다리고 있지 않다면, 그곳에 바우데미라 또는 (그녀가 불리기 좋아하는 이름으로는) 미라가 있었다. 그녀는 내가 경사로를 다 올라갈 때까지 기다릴 인내심이 없을 정도로 에너지가 넘쳐서, 정상에서 나를 보자마자 "좋

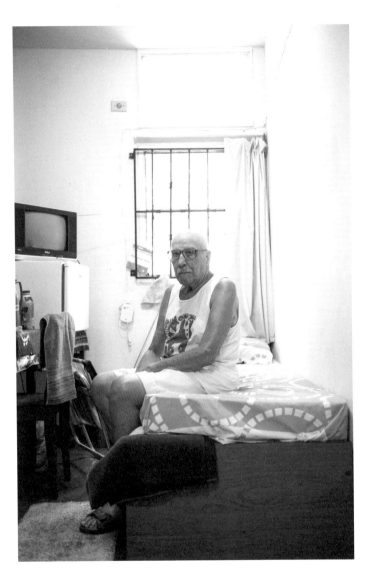

은 아침이야, 자기야!"라고 외치곤 했다. 큰 소리로 나의 도착을 알리면서 의자들을 끌어 동그란 모양으로 모았고, 함께하자고 주변 사람들을 불러 모았다. 그날 나의 기분이 어떤 상태든, 미라의 에너지는 그 만남을 대하는 내 마음과 태도를 바꾸어놓았다. 미라는 자기 행동에는 늘 서두르는 감이 있었지만, 뜨거운 커피에 입이 데지 않게 나를 진정시키는 사람이었다.

내가 경사로 꼭대기에 다다르면 미라는 모든 것을 멈추고, 여전히 강한 몸을 가진 사람처럼 나를 꽉 안았다. 그러고는 음모가 있는 듯한 어조로 여자 동에 관한 귀중한 정보를 속삭이곤 했다. "줄리아나는 오늘 병원에 갔기 때문에 오지 않을 거예요." "제오르지나가 줄리에타와 또 싸워서 아무하고도 얘기하고 싶지 않대요." "마리아 콩스탄자에게 새로운 소식이 있어요, 가서 한번 물어봐요!"

미라와의 만남을 마치고 여자 동 복도를 내려가면, 멀리서 경사로를 오르는 남자들을 환영하는 그녀의 우렁찬 목소리가 계속 들렸다. 그녀는 모든 사람이 어디 앉아야 할지도 정했는데, 끝내 그 명령에 복종하지 않으려는 사람들과 싸움이 벌어지기도 했다. 그러나 누구든 결국에는 자신이 원하는 대로 하도록 설득해 냈다.

여자 동 복도는 남자 동 복도보다 조명이 밝았다. 여자들은 문을 열어두고 서로의 방을 좀 더 자주 방문했다. 분위기가 더 밝았고 대화도 더 길었다. 그중에서도 나를 사랑으로 가득 차게 한 장면은 인형을 가지고 만나는 사교 모임이었다. 나는 운 좋게도 몇몇 여성을 마리아 콩스탄자의 방에서 여러 번 만날 수 있었다. 그녀는 매우 친절하며 수다스럽고, 친구들과 인형 옷 교환하기를 좋아하는 포르투갈 출신 자수 공예가였다. 모임의 규칙은 명확했다. 니트 드레스는 보기에도 매우 아름답고 수작업으로 만들기 때문에, 일반 천으로 만든 옷 두 벌의 가치가 있다는 것이다. "같이 놀아도 될까요?"

그 복도에서 처음 들어가 본 방은 숲 원주민의 딸인 카스토리나의 것이었다. 작고 연약한 몸에서 나오는 힘찬 목소리는 우리가 만날 때마다 마치 하나의 씨앗이 되려 하는 것 같았다. 멀리서도 그녀의 고통스러운 울음이나 아침 햇살을 맞이하는 노랫소리를 들을 수 있을 정도였다. 거동이 불편하고 체력이 약하지만 말수가 많은 그녀는 나에게 어린 시절 이야기를 종종 들려주었다. 조심스럽고 소중하게 간직한 어린 시절을 아주 부드러운 목소리로 회상할 때면 한창 모험 중인 행복한 어린아이의 모습이 떠올랐다.

카스토리나의 방 옆에는 마리아 이니르의 방이 있었다. 그녀가 창문에 두른 붉은 천은 방에 따뜻하고 포근한 느낌을 주었다. 무엇보다 그 달콤한 미소와 일요일마다 시장에서 받아 오는 싱싱한 꽃들이 그녀가 여전히 즐길 줄 아는 사람이라는 것을 보여주었다. 마리아 이니르는 자기 어린 시절에 관해서도 이야기했지만, 50년 동안 보모로 일하면서 돌본 아이들에 대해 더 많이 이야기했다. 그녀는 아이들의 이름, 거주지, 취향, 좋아하는 게임, 어려움 등을 모두 기억하고 있었고, 심지어 성인이 된 아이들의 결혼을 축복한 적도 꽤 있었다. 그녀는 수많은 가족의 일원이었지만, 이제는 자신이 지금 살고 있는 집의 일부라고 생각하며 항상 이 집을 돌볼 준비가 되어있었다.

나는 두 번의 임신을 그 집의 모든 사람과 행복하게 공유했다. 오래전 출산과 육아를 경험한 이들의 손이 내 배를 조심스럽게 만지고 느끼고 두근거려 했다. 어떤 이들은 자신의 불렀던 배와 갓 태어난 아이를 회상하며 비슷한 추억을 떠올리고 깊이 감동하기도 했다. 마리아 이니르는 아주 초기부터 모성애로 나를 돌봐주었다. 한동안 아기를 안아본 적 없던 그녀가 내 아들을 처음으로 안아 들던 기억은, 이제 다 자란 아이들을 보며 따뜻한 공허함을 느끼는 나에게 여전히 큰 감동으로 다가온다.

그다음 세 개의 방은 현관의 햇빛을 좋아하는 소녀들의 방이다. 날씨가 맑은 날이면 방에서는 그들을 만날 수 없다는 사실을 이미 알고 있었기 때문에, 긴 여자 복도를 내려가는 데 걸리는 시간을 절약할 수 있었다.

도나 이스테르가 친구들을 미처 다 모으지 못했을 때 내가 침실 문 앞에 나타나면, 그녀는 "누가 왔는지 봐!"라고 크게 외쳤다. 마치 내가 어제나 그저께 그녀와 한 약속을 잊어버린 것처럼, 장난기 어린 어조로 말했다. "아직 우리를 잊지 않았죠?" 그 약속이 지금까지도 내게 남아있다는 사실을 그녀는 알지 못한다. 나는 도나 이스테르의 100번째, 101번째, 102번째 그리고 103번째 생일을 가까이서 축하하는 특권을 누렸다. 102번째 생일에 그녀는 보석으로 가득 채운 상자에 보관해 둔 진주 목걸이를 내게 선물로 주었다. 작은 상자 옆에는 아주 오래된 액자 두 개가 있었다. 첫 번째 액자에는 머리를 땋은 열두 살 정도의 소녀가 아름다운 흰색 드레스를 입은 엄마 옆에 서있는 사진이 있었고, 두 번째 액자에는 비록 8개월밖에 살지 못했지만 그녀의 가슴을 생명으로 가득 채웠던 딸을 기록한 유일한 사진이 있었다. 그녀의 방에는 누구에게나 존경과 배려를 불러일으키는 신성한 신비가 깃들어 있었다.

도나 이스테르는 우리 할머니와 똑같이 코파카바나[5]에서 재봉사로 일했는데, 함께 할머니에 대한 이야기를 계속 나누다가 마침내 내가 이 둘의 만남을 주

5   리우데자네이루 동남부에 위치한 관광 지역.

선하기도 했다. 그날 이후 할머니는 종종 나와 함께 양로시설에 방문했다. 내가 베타니아에 다닌 5년 중 4년은 우리 할머니 생의 마지막 4년이기도 하다. 사랑하는 나의 할머니 제니, 내 인생의 창의적이고 사랑스러운 존재. 우리는 항상 팔짱을 낀 채로 '집'에 도착했고, 나서는 길에는 다른 팔이 팔짱에 동참해서 서로 응원하거나 시시콜콜한 이야기를 나누거나 애정을 표현했다.

도나 이스테르의 방을 나서다가, 교회에서 노래 연습을 마치고 돌아오는 줄리아나를 가끔 복도에서 만났다. 줄리아나는 인근 교회 성가대의 일원이었고, 굉장히 음악적인 움직임과 부드러운 목소리 그리고 헌신적인 모습이 인상 깊은 사람이었다. 그녀의 방에는 선반이 하나 있었는데, 한쪽에는 성인Saint들의 사진이 정성스럽게 늘어서 있었고 다른 한쪽에는 잘 차려입은 인형들이 놓여있었다.

두 개의 방은 줄곧 굳게 닫혀있었는데, 미라가 좋은 날이 될 거라고 힌트를 줄 때만 문을 두드렸다. 주레마와 로르지스의 방이었다.

주레마는 매우 의심이 많아서, 내가 무언가를 팔

기 위해 왔다고 생각하며 방에서 나오기를 거부했다. 그녀에게는 항상 괴로움, 해소되기 어려운 지속적인 불평, 그리고 마치 존재의 이유처럼 보이는 피해 의식이 있었다. 그녀의 방은 존중과 거리감을 요구하는 잠긴 금고이자 상상 속 비밀 같은 곳이었다.

로르지스는 방에 물건을 거의 두지 않았고, 모임에서도 말수가 적었다. 하지만 그녀의 눈에서 반짝이는 불꽃은 그녀가 여전히 자신의 존재에 집착하고 있다는 것을 말해주었다. 로르지스의 삶에서 많은 것이 필요한 적이 과연 있었을지 궁금했다.

매주 약간 차이가 있었지만, 나는 여자 동 복도를 모두 둘러보고 나서 미라가 의자를 동그랗게 놓아둔 방으로 돌아와 다른 사람들과 함께 앉았다. 바로 그곳에서 약 한 시간 동안 요가 자세에서 영감을 받은 동작을 지도했다. 모든 사람이 의자에 앉아 관절을 움직이고, 스스로 마사지를 하고, 몸을 비틀고, 호흡 운동등을 할 수 있게 했다.

나의 관심사는 특히 '발'이었다. 붓고, 딱딱하고 두꺼운 피부, 구부러지고 겹친 모양, 티눈, 굳은살 등 수많은 사연이 거기 있었다.

몇 달간의 수업을 마치고, 나는 그들에게 신발을 벗고 발이 땅을 딛는 감각을 느껴보라고 제안했다. 그렇게 간단하지는 않았다. 발끝은 많은 이에게 거의 닿을 수 없이 멀리 있는 지점이었기 때문이다. 몇몇은 스스로 슬리퍼를 벗어놓고 땅을 느끼려고 했지만, 다른 사람들은 신발을 벗는 데에도 도움이 필요했다. 또한 신발을 벗은 후 갑자기 추위를 느끼는 사람들과, 그렇게까지 맨살을 드러내는 깃이 적절하지 않다고 확신하는 사람들도 있었다. 항상 그들의 선택을 존중했지만, 일리제우가 수업 때 스스로 꽉 막힌 신발 대신 샌들을 신고 나와 땅을 느끼기 시작했을 때에는 마음속으로 큰 짜릿함을 느꼈다. 나는 발이 딱딱하게 굳어있을수록 땅에 닿는 접지력이 떨어지고, 뿌리를 내리지 못하고, 대지와의 연결이 끊어지고, 생명력이 약해진다는 것을 깨달았다. 발끝이 대지에 무관심할수록 생명은 서서히 사라지는 것만 같았다.

이 시간 동안 우리 수업에서는 몇 가지 적응과 변형이 자연스럽게 이루어졌다. 예를 들어 어느 겨울에는 맨발이 덜 춥도록 땅 위에 두꺼운 폼 보드를 여러 장 연결해서, 엉덩이도 더 잘 지지하고 척추를 정렬하는 동작도 더 쉽게 할 수 있도록 했다. 하루는 스피커를 챙겨 갔는데, 내 목소리가 닿기도 전에 음악이 수업을 주도하기 시작했다. 그때부터 우리는 종종 수업이 끝나면 팔을 벌리고 동그랗게 둘러서서 각자의 몸에서 진동하는 음악에 맞춰 움직였다. 우리는 함께 춤을 췄다.

땅을 딛고 선 맨발, 음악, 움직임, 춤, 삶과 죽음. 그렇다, 죽음은 항상 거기에 존재했다. 그즈음 죽음이란 삶의 일부이자 보완물이고 조건이었다. 더는 그것을 인생으로부터 분리하거나 그것과 거리 두는 척하기가 불가능했다. 우리가 그리는 동그라미 안에 있던 누군가의 부재, 출장 의사의 더 길어진 진찰, 며칠간의 입원, 심한 복통, 넘어짐. 이 모든 것이 죽음으로 연결되는 실타래의 한 가닥이었다. 그러다 한순간 땅에서 발을 떼고 밤새 눈을 감아버린 사람들이 있었다.

모아시르도 그랬다. 나는 정문을 들어서자마자 그 소식을 들었다. "운도 좋지, 그는 잠이 들었고 다시는 깨어나지 않았어." 산치냐는 친구에 대한 부러움과 안도감으로 속삭이듯 말했다. 그날 미라는 모아시르의 의자를 우리의 동그라미 안에 그대로 두자고 제안했다. 그 주인의 존재감으로 가득 찬, 빈 의자 하나가 우리 사이에 놓였다. 잠시 숨을 고르며, 호흡을 멈춰본다.

발. 나는 모아시르의 발을 거의 완벽하게 기억하고 있다. 몇 달 만에 지팡이가 휠체어로 바뀌면서, 그의 발은 더 이상 그의 존재를 지탱하는 데 관심이 없는 듯했다. 일주일의 애도 기간이 지나고, 깨끗하게 청소된 그의 방에 새로운 입주자가 도착했다. 갑자기 모아시르의 방은 그곳에 존재하지 않는 것이 되어버렸고, 빈 공간을 마주한 나는 가슴이 찢어질 듯 아팠다. 세우비비는 '집'에 있는 친구들끼리 그의 물건과 추억을 나누어 가졌으며, 언젠가 유용하게 쓰일 거라는 믿음으로 모아시르의 지팡이를 보관해 두었다고 나를 안심시켰다. 그리고 정말로 그랬다.

각각의 방은 밝기부터 냄새까지 그 주인의 연장선과도 같았다. 수많은 이야기를 들었지만, 그들이 살면서 얼마나 많은 거주지를 거쳤을지는 확실히 알 수 없었다. 사실 그렇게 중요하지도 않았다. '집'에 있는 방들이 모든 것을 함축하고 있었으니까. 그 긴밀한 관계를 생각하면서 마치 각자에게 꼭 필요해 보이는 것들을 실제로 방에서 발견했을 때, 나는 인생에 대한 신뢰감으로 고개를 끄덕였다.

"오 인생아, 나의 아이야…, 너도 알잖니…." ─ 나는 우리가 마지막으로 햇빛을 받으며 만난 현관에서, 자유의 사랑스러운 증인인 도나 이스테르의 한숨 섞인 한마디를 들었다.

작고 연약한

몸에서 나오는

                    힘찬 목소리는

우리가

만날 때마다

마치

        하나의 씨앗이

되려 하는 것 같았다.

다섯 명의 에세이스트는 카로우 셰지아크의 사진을 보고 느낀 바를 각자의 기억, 관점, 주변 인물, 상황과 연결시켜 글을 썼다. 장소와 주체를 확장시키는 이야기가 불러오는 무한한 상상력을 방해하지 않고자, 글은 전시에 앞서 사진 없이 발행되었다. 이를 '가려진 에세이'라 명명했다.

가
려
진

에
세
이

카메라에 찍히면, 혼이 달아난다

— 박초롱 —

여기, 어쩌면

— 이훤 —

우주의 조각

— 이연 —

최후의 공간

— 김규진 —

외롭지 않고 싶어서

— 하미나 —

카메라에 찍히면, 혼이 달아난다
── 박초롱 ──

최분례 씨는 내게 말했다.

"카메라에 찍히면 혼이 달아나는겨."

카메라가 영혼을 조금씩 갉아먹는다고 했다. 그 시절에는 그런 믿음이 흔했다. 식민지·독립·전쟁·휴전·독재·민주화까지 호되게 겪어낸 최분례 씨는, 세상을 바꾸겠다는 정치인도, 영원한 안식을 주겠다는 종교인도 믿지 않았지만, 엉뚱하게도 그런 미신은 믿었다. 그런 최분례 씨가 하루에 셀카를 100장씩 찍어대는 요즘 젊은이들을 보면 뭐라고 할까? 혼이 1그램도 남아있지 않을 거라며 혀를 찰 것 같아 피식 웃음이 난다.

나라님이 여러 번 바뀌는 동안, 그러거나 말거나. 최분례 씨는 자식을 여덟이나 낳았다. 남편을 먼저 보낸 후에는 얼마 되지 않는 재산을 큰아들에게 물려주고 자식 집을 전전했다. 재산 없는 부모를 반기는 자식이 없는 건 예나 지금이나 마찬가지여서, 어린 내 눈에도 눈칫밥 먹는 최분례 씨가 불쌍했다. 그게 내가 아는 최분례 씨 삶의 전부였다. 내게 최분례 씨는 '할머니'였지, '최분례'였던 적이 없었다. 격동의 시대를 살았으니, 얼마나 이야기가 많이 쌓였겠느냐마는, 그 이야기를 해준 적은 별로 없었다.

최분례 씨는 마지막 10여 년을 요양원에서 보냈다. 카메라에 찍히면 혼을 빼앗긴다더니, 요양원 최분례 씨 방에는 자식들 사진이 많았다. 우리 가족사진도, 그러니까 내 사진도 작게 있었다. 다른 할머니들 방에도 사진이 많았다. 책상 위 앨범들은 그들 나름의 인스타그램이었다. 요양원에서 가장 나이가 많은 최장수 할머니는 내게 그 사진 속 인물들을 소개해 줬다. 서로 인사하라는 듯이.

"이 친구는 김말례고, 그 옆에 있는 친구는 최숙

자! 위에 모자 쓴 애는 신복담!"

　최장수 할머니는 그들이 몇 년 전에 갔는지도 꼼꼼히 일러주었다. 이 친구는 3년 전에. 저 친구는 1년 전에. 다 먼저 갔다고. '갔다'라고 말하면 어쩐지 죽음은 덜 슬프게 느껴졌다. 모두가 약속한 자리에, 최장수 할머니가 조금 늦게 가는 것뿐인 듯했다. 살아있을 때는 몇 살이라고 소개를 받다가, 죽은 후에는 몇 년 전에 갔다고 소개받는다. 죽은 후의 나이는 거꾸로 가는 걸까. 그들이 산 나이만큼의 세월이, 죽은 후에 흐른다면, 그래서 그들을 기억하는 이가 아무도 없게 된다면, 그들은 비로소 죽는 걸까.

최분례 씨는 좁은 요양원에서 생을 마쳤다. 최분례 씨 장례식은 죽을 때 꽃가마를 타고 싶다는 최분례 씨 원에 따라 전통적으로 치러졌다. 볕 좋은 4월에, 화려한 꽃가마가 동네를 한 바퀴 돌았다. 최분례 씨 유품 정리를 돕다가 나는 사진첩을 발견했다. 거기에는 소주를 마시는 최분례 씨가, 동네잔치에서 엉거주춤 춤을 추는 최분례 씨가, 지금은 없어진 우물곁에 선 최분례 씨가 있었다. 내가 모르던 최분례 씨 모습이었다. 나는 그중 소주를 마시는 최분례 씨 사진을 하나 챙겼다. 최분례 씨 말대로 사진이 영혼을 담는 거라면, 먼저 간 최분례 씨 영혼 중 일부는 그 안에 담겨있을 테니까. 최분례 씨 사진을 주머니에 넣고 나자, 요양원 책상 위에 가족들의 사진을 둔 최분례 씨 마음을 조금은 알 것도 같았다. 그녀는 가족들의 영혼을, 조금씩은 가지고 싶었던 걸지도 모른다.

최분례 씨가 먼저 '가고' 나서야, 나는 최분례 씨의 삶을 더듬는다. 그녀의 영혼이 담겼다는 사진을 보면서. 내가 최분례 씨를 기억하는 동안에는, 최분례 씨는 조금 더 사는 것일지도 모르니까.

최분례 씨의 나이가 되면 나는, 어디에서 누구의 사진을 들고 있을까. 누구의 사진을 벽에 걸고 있을까. 누구의 영혼을, 내 곁에 두려고 할까.

여기, 어쩌면

— 이휜 —

물렸지만 피는 나지 않았다. 누군가의 입천장이 손등을 다녀가는 기분은 여전히 이상하다. 맞다, 너에게도 이빨이 있었지. 귀를 세우고 나를 응시하는 고양이를 보고 손등에 옅게 남은 그의 이빨 자국을 본다. 장미를 반으로 잘라 도장처럼 찍어 누른 모양이다. 고양이는 기분이 좋으면 다치지 않을 정도로 살짝 누르듯이 문다. 그걸 '러브 바이트'라 부른다. 자주 물리지만 물린다는 감각은 낯설다. 인간은 서로를 잘 물지 않기 때문이다. 웬만하면 물리지 않기 때문이다.

어떤 시절에는 아무도 물지 않았지만 화들짝 놀라며 깼다. 외로워서였다.

외로움에게도 이빨이 있다. 그걸로 목 뒷덜미나 손톱 끝 그리고 발바닥을 문다. 피도 나지 않는다. 물린 줄 모를 만큼 조용하고 찬찬히 나를 통과하는 그것에 익숙해졌다. 어떤 날은 목줄도 없이 나를 질질 끌고 다닌다. 그 이빨은 사회가 만든 것이기도 하고 내가 가공한 것이기도 하다. 왜 이렇게 외로울까. 만날 사람이 없는 것도 아닌데 자꾸 혼자이고 싶은 내가 이해되지 않았다. 어떤 날엔 누굴 만났기 때문에 돌아오는 길에 더 외로웠다. 10년, 20년이 이렇게 지나고 나는 결국 외로운 중년 그리고 노년이 될지도 모르겠다고. 그런 생각을 자주 했던 시절이 있었다. 아직 한참 남은 미래의 내 주름을, 노인이 된 나를 떠올렸다.

노년을 생각하면 찾아오는 단어는 외로움이었다. 사진으로 만나온 누추한 모습, 고독사한 노인이 나에게 익숙한 얼굴이었다.

이것은 오래전부터 유효한 진실이지만 노년의 전부는 아니다. 나는 다른 모습의 노인들도 알고 있다. 호방

하고 기백 있는 말년을 보내다 간 일본의 산문가 사노 요코, 여전히 카메라를 두 대씩 들고 다니며 활달하게 작업하는 일흔 넘은 클라크 데이비스, 매일 턱걸이를 열일곱 개 하는 이한우 할아버지… 사람들은 지역과 계급과 직업과 운에 따라 모두 다른 노년을 보낸다.

이 모든 단상이 시작된 건 작가 카로우 셰지아크의 전시를 미리 보았기 때문이다. 그는 리우데자네이루에 자리한 요양원 '베타니아'를 오가며 거기 머무는 노인들의 사진을 남겼다.

사진 속 노인들은 작지만 개별 공간이 있다. 자세히 보면 몇 평 안 되는 방이지만 거기 크고 작은 활기가 눈에 띈다. 손이 가장 잘 닿는 데 둔 라디오가 보이고, 손녀가 준 것 같은 피카츄 장난감 등이 있다. 그리고 사진들. 젊은 시절의 자신과 가족, 먼저 떠난 파트너로 추정되는 사람들의 사진이 붙어있다. 나중에 「작가 노트」를 읽고 알게 되었다. 자수 공예가였던 할머니가 인형에게 니트 드레스를 짜 입혔다는 것. 움직일 수 있는 노인들이 모여 원을 이루고 서서 다 함께 춤을 추었다는 것. 이 작가의 사진 작업을 보며 요양원이라는 공간은 내 안에서 새로워졌다.

그럼에도 계속 돌아오는 이미지도 있다. 그중 누군가에게 요양원은 시설일 뿐 집은 아니라는 인상. 평화로워 보이는 노인 뒤로 보이는, 창가에 설치된 쇠창살. 요양원이라는 특수한 공간 안에서 만들어지는 질서와 억압, 어떤 종류의 답답함도 분명 있을 거다. 감당 가능한 비용에 따라 돌봄 시간도 달라진다고 들었다. 가족이 생계 활동과 돌봄 노동을 도저히 병행할 수 없어 요양원으로 향하는 사람이 대부분이라고. 편안한 표정을 한 사진 속 인물을 보며 안도되나 동시에 몸과 집 모두 선택하지 못하는 감각을 떠올리게 된다. 요양보호사들을 통해 필요한 생활을 만들지만 그곳을 벗어나지 못하는 물리적 한계 같은 딜레마. 남겨졌다는 인식. 남겨진다는 건 뭘까?

사진에 등장하지 않는 요양보호사들도 사실은 비슷

한 나이거나 중년인 경우가 많다. 그들은 대부분 퇴근 후 앓는다. 무거운 환자를 번쩍 들어 돌보느라, 대소변을 닦고 치우느라 많은 경우 만성 디스크나 관절 질환에 걸린다. 노년에는 그들 중 여럿이 돌봄을 필요로 할 거다.

어떤 종류의 진실은 좋고 싫음, 길운과 애석함으로 구분되지 않는다. 복잡하게 거기 포개어져 있다. 사진가가 의도하지 않을 때도 사진 속 어떤 디테일이나 작은 장면에서 스치듯 알게 된다. 사진에서 시작되는 진실이기도 하다.

요양원에는 이동이 어려운 사람이 유독 많다는 걸 「작가 노트」를 읽으며 환기했다. 그제야 왜 그들 방에 수많은 사진이 붙어있었는지 다시 숙고한다. 걸어서, 뛰어서, 기차에 올라서 이동할 수 없으므로 사진을 통해 계속 움직이려 했겠구나. 도움 없이 일어나지 못하는 누군가에게 주소를 확인하고 옆집을 만들고 동네를 만드는 매개가 사진이었겠구나. 이미지는 다리뿐 아니라 눈으로써 기능하기도 하니까.

이동은 공간적 이동에 그치지 않는다. 사진은 시제를 돌려놓는 문이므로 계속해서 돌아갔을 거다. 노인들이 현재보다 더 자주 출입하는 시제가 과거였다고 느껴서였을까. 카로우는 각자의 방에서 노인들을 찍어 주었고 인화하여 선물했다. 그들은 그걸 자기 방에 전시하거나 벽에 붙였다. 과거로 점철된 벽 사이에 현재를 대변하는 사진이 들어섰다. 또 하나의 표지판처럼. 또 하나의 행선지처럼.

노인이 모여 사는 공간에서는 매일 크고 작은 죽음을 목격한다. 시청각실에 모이던 어떤 멤버의 입원, 의사의 방문과 장례, 의식 불명 등의 안부가 드나든다. 죽음은 자연스러운 삶의 화두가 된다. 춤만큼 가까이 있는 화두. 하여 산치냐의 "운도 좋지, 그는 잠이 들었고 다시는 깨어나지 않았어" 같은 부러움이 대화 사이를 지나간다.

그들이 가장 많이 소유한 물건이 사진이라는 사실을 사진가로 살아가는 내내 기억하고 싶다.

어떤 공동체 안에서는 '끝'이라는 시간 감각과 유독 가까워진다. 끝을 연장하고 싶은 마음과 언제든지 받아들일 의지 사이에 있는 사람들. 사진은 계속 끝을 마주하는 의식이다. 방금 지나간 순간의 죽음을 계속 마주하는 산책이다. 다시 살 수 없는 걸 알면서 시선을 던지고 계속 셔터를 누른다. 흘러가는 것들을 위한 애도이기도 하다. 다음 시제로 넘어가기 위해, 지금 본 것은 뒤에 두고 가야 한다. 인류 모두 사진 안팎으로 겪지만 유독 노인들이 주목하는 진실이다.

동시에 사진은 살리는 행위다. 찍었기 때문에 풍광이 머문다. 놓친 것들을 불러올 수 있다. 다른 데서는 모호한 기억이 이미지 안에서는 공고해진다. 왜곡을 동반하기도 하지만 그 공간에는 언제나 유효한 또 하나의 시제가 생긴다. 거기서만 가능해지는 일들도. 사진으로 돌아갈 때마다, 여러 번 새로 살게 되므로 사진은 살리는 바늘이기도 하다. 두고 온 단어와 태도와 표정을 꿰는 실이기도 하다.

작가는 이 시리즈를 〈Possibly, Here〉라고 이름 붙였다. '어쩌면, 여기' 정도로 해석할 수 있다. 이는 물리적으로 거기 있지만 계속 부유하는 ─ 사진을 통해 노래를 통해 라디오를 통해 계속 멀리 떠나고 돌아오는 ─ 그들의 상태를 가리키는 직유처럼 읽힌다. 그리고 그것은 사진에 대한 헌사처럼 들리기도 한다. 사진의 실용이자 가능성 그리고 묶일수록 떠도는 인간들의 존재 방식으로.

정서적─물리적 이동이 화두인 요즘, 나는 이것이 노년에만 유관한 이야기가 아님을 안다. 마지막 문장만 남기고 화장실에 가 찬물로 얼굴을 씻었다. 무언가 확인하고 싶은 사람처럼. 모르지만 일단 움직였다.

거울을 보고 거기 있는 사람에게 묻는다.

거기 있으세요?

어쩌면.

우주의 조각

— 이연 —

비행기를 타기 전 인천에서부터 에어비앤비 호스트의
메시지를 받았다. 사진이 무려 네 장이나 왔다. 주차하
는 방법, 들어오면 좋은 방향, 열쇠가 있는 장소 등을
상세히 안내한 내용이었다. 정보를 충분히 준 덕분에
편안한 체크인을 할 수 있었다. 다만 아파트 입구 왼편
에 붙어있는 열쇠 보관함을 열 때 조금 당황하긴 했다.
보관함 뚜껑에 보란 듯이, 비밀번호라고 안내해 준 숫
자 '1973'이 인쇄된 스티커가 붙어있던 것이다. 일단 내
가 머무는 동안에 이 보관함을 사용하지만 않으면 괜
찮을 거로 생각하며 열쇠를 꺼냈다. 열쇠에는 주황색
목걸이형 스트랩이 달려있다. 열쇠를 잃어버리지 말라
는 당부가 귀엽게 와닿았다.

친절은 집 안에서도 계속되었다. 냉장고 안은 인터넷 소설 속 차가운 재벌 남자 주인공이 세팅한 것처럼 가지런히 정렬되어 있었다. 다양한 종류의 과일 주스 팩, 세 개의 미니 와인, 세 개의 하이네켄. 물도 탄산수와 일반 물 두 가지가 전부 있었다. 전자레인지 위에는 다양한 잼과 미주라 토스트가 놓여있었다. 자세히 살펴보니 누텔라가 있었다. 예전에 한창 게스트 하우스에만 머물던 20대 시절, 유럽 여행을 할 때 한국인만 누텔라를 주머니에 잔뜩 넣어 들고 간다고 했던 일화가 떠올랐다. 그 정도로 누텔라는 위험하고 유혹적인데 열 개나 놓다니, 한국인 게스트를 들이면서 너무 방심한 거 아닐지 하며 만지작거리다 내려놓았다. 고맙기 때문에 세 개 정도만 먹기로 다짐했다. 오래간만에 만난 아주 사려 깊은 집과 주인이다. 이 모든 것을 자유롭게 먹어도 괜찮다는 메시지가 종이에 적혀있었으니 말이다.

이런 종류의 친절을 경험할 땐 항상 호스트가 어떤 사람인지 궁금하다. 본인도 에어비앤비를 경험해 봤거나 혹은 여행을 많이 다닌 사람이겠지. 여러 곳에 머물면서 이런저런 다양한 친절과 불친절을 경험했을 수도 있겠다. 저마다 구상한 이상적인 에어비앤비가 있었을 거고, 그처럼 꾸미기 위해 노력하지 않았을까 등등. 주방 벽에 걸린, 온갖 종류의 파스타가 들어간 미니 액자가 이곳이 이탈리아라는 걸 말해주고 있다. 너무 오래되어 어쩐지 먼지 맛이 날 것 같다는 상상을 하며 흥미롭게 방을 둘러보았다. 언제나 방은 그 사람에 대해 많은 정보를 준다. 그게 흥미로워서 호텔이 아니라 계속 에어비앤비에 머물게 되는 것 같다.

카로우 작가의 작품을 보니 내가 여행하며 머무른 다양한 공간들이 떠올랐다. 호스트들이 생각하기엔 남들이 머물러도 괜찮은 상태로 운영하는 것일 텐데 내가 보기엔 언제나 너무도 개인적인 공간에 머무는 느낌이라 이상하게 미안하고 고마운 기분이 들었다. 이렇게 당신을 가까이서 봐도 괜찮을까 싶어 미안하다. 동시에, 들어오라는 당신의 허락이 언제나 고맙다. 카로우가 두드려 열린 문틈을 조심스럽게 들여다본다.

세상에서 가장 소박하지만 제일 흥미로운 전시장 안으로 천천히 들어간다.

사진 속 노인들은 전부 같은 규격에서 살아간다. 고시원처럼 좁고 층고가 높은 묘한 구조의 방이다. 공간이 너무 좁아서 그 안에 있는 물건들이 전부 필요한 물건처럼 느껴지면서도, 필요 없는 물건들도 보인다. 한 노인의 방에는 가짜 꽃이 놓여있다. 꽃이 필요하냐는 질문을 던지며 생각에 잠긴 후 대답했다. 꽃은 필요하다. 방이 아무리 좁을지라도 할머니에게 소녀 같은 마음이 사라지는 건 아니니까. 빼곡히 붙은 사진을 찍은 장면도 있다. 그 좁은 방에 사진이 필요한가? 나는 아직 노인이 아니라 모르겠지만 그에게는 사진이 중요할 것이다. 그게 과거의 순간을 살아있는 것으로 만들어준다면 사진은 필요한 거다. 인간은 필요한 것만을 갖고 살아가지 않는다. 필요 없는 것을 필요로 한다. 누군가를 들여다보고 싶다면, 남들이 보기엔 쓸데없는 것을 아끼는 모습을 유심히 살펴봐야 한다. 그 사람이 진정 누구인지 발견할 수 있는 순간이기 때문이다. 그래서 함부로 쓸데없다고 말할 수 없다. 나는 비록 집 안에 장식을 하지 않지만, 라디오를 들이지 않지만… 나도 언제나 피어있는 가짜 꽃을 갖고 있기에 그 마음을 알 것 같다.

미완성인 인간과 쓸모없는 물건의 조합은 어쩐지 부족할 것 같지만 막상 그 둘이 만나면 묘한 안정감이 있다. 카로우의 작품 속 노인의 방에서 그런 느낌을 받았다. 동시에 나의 노년도 상상했다. 수많은 집을 거쳐 마지막에 내가 머물 공간에 나와 함께 있을 물건은 몇이나 될까. 지금 내 곁의 물건들은 대체로 썩지 않는 재질이라 나보다는 오래 살 것이지만 내 곁에 머물 물건은 많지 않을 것이다. 신중하게 고른다고 해도 내가 영 쓸모 있는 것들만으로 살지는 않을 것 같다. 아무리 방이 좁아도 말이다. 다시 한번 내가 머무는 에어비앤비를 둘러본다. 내 기준에서는 해괴해 보이는 것들이 많다. 어째서 투명한 유리 화병에 코르크 마개를 저렇게나 많이 담아놓은 것일까. 버섯 모양의 도자기 보관함 안에는 뭐가 들어있을까. 엄청나게 큰 리콜라 캔디

피규어는 왜 두 개나 수집한 것인지. 모든 것이 엉뚱하다. 동시에 상태가 너무도 깨끗해서 호스트가 이 물건들을 아끼는 것이 느껴진다. 그런 애틋함으로 바라보면 엉뚱하거나 낡은 물건들도 달리 보인다. 그리고 그걸 아끼는 한 인간이 보인다. 규격이 만연한 세상에서도 절대 규격화되지 않는, 우주의 한 조각으로 살아가는 개인을 발견할 수 있다.

최후의 공간
― 김규진 ―

내 와이프는 중환자실에서 근무한다. 여느 직장인처럼 그는 퇴근 후 나에게 하루 동안 일어난 일에 대해 이야기해 주곤 한다. 직원 식당에 텐동이 나와서 기대했는데 원하는 불량한 맛이 아니었어. 담당 환자가 식단에 대해 항의하는 걸 보니 곧 일반 병실로 가실 수 있을 거 같아. 오늘은 세 명이 돌아가셔서 의국 분위기가 좋지 않았어.

가본 적이 없는 공간에 대한 이야기는 흥미롭다. 중환자실은 일반 병실과 달리 보호자가 상주할 수 없고 식이도 관리되다 보니 아무래도 개인 물품을 놓을 공간도 필요성도 적다고 한다. 그럼에도 환자 개개인의 개성을 볼 수 있는 구석이 있다고 하는데, 이를테면

링거 폴대에 묵주를 걸어놓는다든지, 사진을 붙여놓는 식이다. 가끔 소통이 원활하도록 자주 쓰는 단어를 벽에 붙여놓는 분들도 있다고 했다. '침대', '올려주세요'를 순서대로 가리키면 간호사가 각도를 조정해 주는 식이다. 또 다른 환자는 건강하실 적 트로트를 즐겨 들어 가족들이 머리맡에 작은 스피커를 놓아두었다고 했다.

나는 아이를 낳은 지 일주일 정도 되어, 통화로 이런 이야기들을 듣고 있었다. 산후조리원에 누워 중환자실에 대해 생각해 보며 방을 둘러보았다. 가구, 가전, 조명 모두 시설에 구비된 것들로 입실 때 살펴보니 모든 방에 같은 제품이 준비되어 있었다. 머리맡에는 유축기가 있는데, 큰 방에 머물기 때문에 다른 방보다 한 단계 위의 제품이라고 한다. 개인적으로는 차이를 잘 모르겠다. 문도 누구나 열 수 있고, 하루에 관리사분들이 여섯 번쯤 들어온다.

조금 더 자세히 볼까. 책상 한편에 관절약, 철분, 유산균이 있다. 친한 게이 오빠가 주변 누나들이 출산 후에 챙겨 먹는 걸 보았다며 준 것들이다. 그 옆에는 주말에 들렀던 와이프 옷이 접혀 있다. 조리원 규칙상 "남편 빨래"는 금지인데 이건 여성복이니 몰래 빨래통에 넣어도 모르지 않으실까 같은 생각을 해본다. 냉장고에는 소분한 과일이 있다. 엄마가 '면회가 가능하면 매일 챙겨줘야 하고 딱 귀찮은데 금지라니 잘됐다'면서도 또 챙겨주었다. 내가 비마트로 시킨 제로콜라와 참쌀 선과는 쏙 꺼낼 수 있게 비닐에 구멍만 낸 채로 아무렇게나 놓여있다.

요즘 시대에 영화에서 보던 것처럼 집에서 누워 잠을 자다 조용히 눈을 감는 건 행운이다. 2023년 한국 사망자의 75.4%가 중환자실, 응급실, 혹은 요양병원 같은 의료기관에서 생을 마감했다고 한다. 집이 아닌 다른 곳에 있는 작은 방, 혹은 침대에서 마지막으로 머물게 되는 것이다. 의료에 획기적인 변화가 찾아오지 않는 한 나도 비슷한 죽음을 맞이할 예정이다.

내가 마지막으로 지낼 방은 어떤 모습일까. 지금 지내는 조리원과 비슷한 모양새라면 행운이겠다. 친구가 준 영양제, 가족의 옷가지와 참쌀 선과가 함께하는 개인 공간은 나쁘지 않아 보인다. 만약 그렇게 운이 좋지 못하여 중환자실에 가게 된다면 무엇을 두어달라 할지도 고민해 본다. 혹여 서류상으로 영원히 와이프와 제삼자인 채로 끝난다고 해도, 내 침대를 보면 절대 그렇지 않음을 알 수 있으면 좋겠다. 잠시 궁상을 떨다 그런 일이 없도록 계속 시끄럽게 살아야겠다고 생각한다. 그러려면 우선 조리원식을 잘 먹어야겠지.

외롭지 않고 싶어서

── 하미나 ──

작년부터 나는 베를린과 서울을 오가며 지낸다. 이제는 베를린이 나의 두 번째 고향처럼 느껴진다. 언젠가 이곳에서 만난 연인에게 내가 한국에서 해왔던 활동에 대해 이야기를 하다가 나는 페미당당 활동을 말하는 대목에서 내 감정이 동요하는 것을 느꼈다.

페미당당은 2016년 강남역 살인 사건을 계기로 본격 활동을 시작한 여성운동 단체로 나는 2016년부터 2019년까지 구성원 중 한 명으로 활동을 했다. 그러는 동안 온라인상에 늘비한 불특정 다수의 사람들에게 무차별적인 공격을 당했다. 그뿐만 아니라 가장 가까운 사람들 곧 가족과 전 연인, 친구들로부터 오는 많은 오해와 편견을 감당해야 했다.

내가 사랑하는 사람들은 나의 정치적 활동을 자랑스러워하기보다는 대체로 당혹스러워했고 페미당당 활동이 우리의 대화 중에 등장하면 말을 돌리거나 얼버무리거나 다른 주제로 황급히 넘어갔다. 페미니스트 사이에서도 어려움은 마찬가지여서 우리는 서로에게 더 엄격하고 더 미세한 윤리적 잣대를 들이밀며 각자가 인간으로서 가진 결점을 너그럽게 봐주지 않았다. 나는 내가 용기를 내어 한 활동에 대해 점점 더 말하지 않는 사람이 되어갔다. 이것은 아무래도 수지에 맞지 않는 일이었다.

그때의 기억이 치유되지 않고 여전히 아프게 남았나 보다. 나는 베를린의 연인에게 페미당당 이야기를 하면서 정확하게 전달하지 않고 얼버무렸다. 스스로 불편한 주제를 꺼내지 않고 싶다는 듯이. 활동을 하면서 이런저런 공격을 받았고 그것에 상처를 받았다고 말하자 연인은 이렇게 답했다. "공격적인 반응이 오는 것은 당연하잖아. 그걸 몰랐단 말이야?"

나는 그 말에 화가 나서 씩씩대며 방으로 들어갔다. "네가 뭘 알아?" 잠시 뒤 연인이 방으로 들어와 내게 말했다.

"그러니까 내 말은, 세상을 바꾸는 일은 대부분의 사람들이 가진 생각을 바꾸는 데에서 시작하잖아. 그러니 사람들이 처음에 공격적인 반응을 하는 게 당연하다는 말이야. 그래서 정말 용기가 필요한 일이고. 네가 한 일 진짜 멋진 일인 것 같아. 네가 너무나 자랑스러워." 그의 말이 진심인 걸 느낄 수 있었다. 그리고 가장 가까운 사람 중에 페미당당 활동을 한 내가 자랑스럽다고 말해준 사람은 그가 처음이었다.

내 주변의 아름다운 사람들, 곧 한국 사회에서 자신의 사익을 우선하기보다는 공공의 선을 위해 인생을 거의 통째로 바친 아름다운 사람들이 상처받고 지쳐가는 것을 본다. 세월호 현장에 가장 마지막까지 남은 지식인 중 한 명인 인류학자 이현정 교수는 세월호 작업을 하면서 어둡고 어두워졌다. 내가 함께 책을 쓰기 위해 이현정 교수를 만났을 때 그는 내가 만나본 사람 중 가장 비관적인 사람이 되어있었다(지금은 좀 나아졌다). 성소수자, 쌍용자동차 해고노동자, 천안함 피격 사고 생존자 등의 사회적 약자를 연구해 온 보건

학자 김승섭 교수는 최근 『타인의 고통에 응답하는 공부』 책을 내며 이것이 그가 대중을 상대로 나눌 수 있는 이야기의 마지막이라고 거듭 강조했다. 길게 듣지 않아도 그가 얼마나 지쳐있는가가 느껴졌다. 이외에도 머릿속에 한국 근·현대사 내내 시도하다 퇴출당하고 역사에서 잊힌 많은 인물들이 떠오른다.

　　베를린에서는 나의 활동가 경력이 자랑이 되었다. 그게 얼떨떨했다. 나는 CV(이력서)에서 지웠던 페미당당의 이름을 다시 넣었다. 여성 대상 폭력의 피해자였던 내가 최악의 전쟁과 학살을 일으킨 가해자의 나라에 와서 위안을 얻었다는 사실이 아이러니하다. 그것은 가해와 피해의 이분법 너머, 이곳이 충분히 기억하고 애도하는 곳이어서일 것이다. 도시 한복판에 홀로코스트 기념관이 있고 폭탄으로 파괴된 교회를 재건하지 않고 그대로 놓아두는 곳이어서. 혹은 추방당한 사람들이 모이는 곳이어서. 모두가 이방인일 때는 누구도 이방인이 아니게 된다.

　　한국은 공공의 선을 위해서 희생하고 활동해 온 사람들을 가장 먼저 낙인찍고 퇴출시키는 곳이다. 그런 역사가 반복된다는 것은 무엇을 의미하나? 우리가 더 커다란 연결망 속에서의 자신을 잃고 각자도생의 고립된 방 속에 갇혀 혼자가 되는 삶을 살게 된다는 말이다. 믿음이 의심으로 바뀌고 가진 것을 베풀기보다 품 안에 끌어안을 때 우리는 스스로 지옥을 만드는 사람들이 된다. 그러나 우리가 형제를 보살피는 이가 아니라면, 우리는 무엇이란 말인가?

　나는 억울해지지 않기 위해서 한국을 떠났다가 다시 돌아온다. 당신의 안녕이 나의 안녕과 연결되어 있다는 믿음을 지켜내기 위해 한국을 떠났다가 다시 돌아온다. 어디에도 유토피아는 없으나 이곳에서 시도할 수는 있음을 알기 위해 다시 돌아온다. 누군가 기억하는 한, 상처받고 지워진 사람들도 우리 곁을 떠났다가 다시 돌아온다. 믿음을 지켜내는 한, 희망은 떠났다가도 다시 돌아온다. 그렇게 다시 한다. 또다시, 다시, 다시….

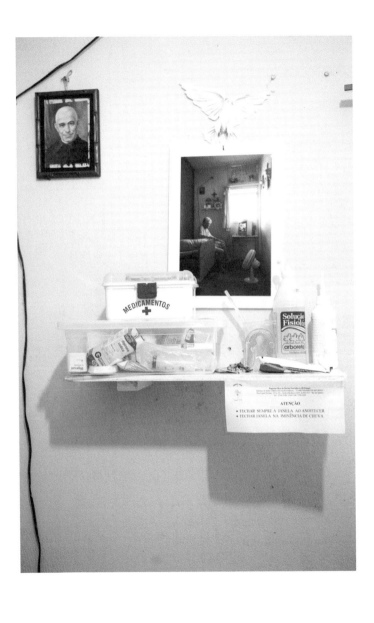

발끝이 대지에 무관심할수록

생명은

서서히

사라지는 것만 같았다.

구축되는 외로움

외로움을 달래는 공간

— 임동우 —

외로움을 달래는 공간

― 임동우 ―

양로시설. 한자어 그대로 양로는 노인을 돌본다는 말
이다. 좋은 뜻인듯하나 어딘지 불편하다. 시설이라는
단어는 더더욱 불편하다. 한자어 뜻 그대로를 생각하
면 공공의 이익을 위해 제공되는 공간이지만, 다분히
기능적인 느낌을 지울 수 없다. 미술관, 공연장, 도서
관, 하다못해 쇼핑몰 하면 어딘지 모르게 경험적인 공
간일 것 같은데, 양로시설, 병원시설, 교육시설은 최소
의 기능만 제공되고 공간적 경험은 배제될 것만 같다.

　기능과 경험은 누구의 관점에서 기술되는 공간
이냐에 대한 문제다. 기능은 관리자적인 관점이고, 경
험은 사용자의 관점에서 기술된다. 오래전 학교 공간
재구조화 사업에 참여하여 학교 교실 공간을 리모델

링할 일이 있었다. 교실은 학생을 위한 공간이기에 학생들의 다양한 경험을 위해 새로운 제안들을 하였는데, 번번이 선생님들의 반대에 부딪히고 말았다. "그렇게 하면 애들 통제가 안 돼요", "그러면 애들이 교실에서 소란 피울 수 있어요" 등등. 결국 관리자 입장에서 보면 지금의 획일적인 교실이 가장 합리적인 교실이다. 양로시설도 마찬가지다. 관리자의 입장에서 보면, 시설은 동선이 가장 합리적으로 계획되어야 하고 시설의 노인들은 체계적으로 통제가 되어야 한다. 그 안에서 노인들의 경험이라고 하는 것은 배제된다.

하지만 양로시설에 거주하는 노인의 경험 관점에서 본다면 어떻게 달라질 수 있을까. 노인은 양로시설에서 돌봄을 받는 일 이외에 다른 경험을 원하지는 않을까. 이전에 일본의 한 양로시설에서 2인실에 거주하는 두 명의 노인 모두가 공평하게 창밖의 풍경을 감상할 수 있도록 설계한 공간을 본 적이 있다. 항상 효율적으로 2인실 침대를 배치해야 한다는 선입견을 깨준 프로젝트였다. 적은 면적에 많은 노인을 수용한다는 지극히 관리자적인 관점에서 2인실, 4인실이 나오는 것인데, 노인 개개인의 경험이라는 관점에서 그 안에 새로운 유닛을 디자인했다는 점이 신선했다.

이쯤 되면 '시설'이라는 단어는 물론이고, '양로'라는 단어조차 바뀌어야 하는 게 아닌가 하는 의구심을 갖는다. 노인을 돌본다는 말은, 말 자체에서 노인을 매우 수동적인 대상으로 규정하고 있다. 이것이 양로시설의 노인들을 더욱 외롭게 하는 것이 아닐까 싶다. 시설의 노인들에게는 돌봄을 받는 것이 제일 우선순위에 있는 일이므로, 양로시설을 그에 합당한 공간으로 설계해야 한다. 노인과 노인 간의 관계보다는 노인과 돌봄 전문가 간 관계가 우선시되는 시설이 양로시설인 것이다.

몇 년 전 정신과 의사들을 위한 코워킹 스페이스를 스페인에 디자인할 기회가 있었다. 정신과 의사가 환자를 치료해 주기 때문에, 우리는 의사가 외로움을 가장 많이 느끼고 우울해할 거라고는 잘 생각하지 않는다. 그러나 통계적으로 정신과가 정신적으로 가장 외로움을 많이 느끼는 전공이라고 한다. 이 코워킹 스페이스에서는 정신과 의사가 환자를 상담한다고 하는

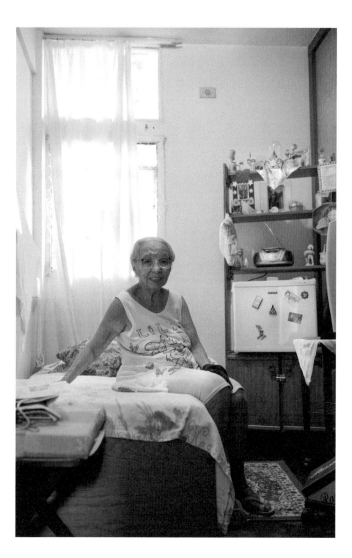

것이 최우선 기능이 아니었다. 환자 상담보다는 오히려 의사의 휴식과 경험이 공간을 구성하는 데 중요한 역할을 하였다.

양로시설에 거주하는 노인들의 경험이라는 관점에서 본다면, 우리는 완전히 새로운 공간을 양로시설로 정의해야 하는지도 모른다. 기능적인 측면에서 완벽히 합리적으로 구성되지는 않았을지언정, 자신의 방에서 나왔는데 우연히 모르는 노인과 마주치게 되는 공간이 있다든지, 운동을 하러 왔다가 의도치 않게 너무 아름다운 자연의 풍경을 경험한다든지, 혹은 화장실에 가다가 멋진 예술을 경험할 수는 있겠다. 일상에서 우연성은 단조로운 일상의 반복을 피할 수 있게 해주고, 이는 노인의 외로움을 달래준다. 노인의 입장에서 보면 외로움을 떨쳐내고자 입소하게 되는 양로시설이, 기능적으로 몇 명을 수용하는 시설이고, 1인당 면적이 얼마고, 무슨 용도의 공간들이 있는지만으로 규정되기 시작하면, 그 어떤 공간도 노인들의 외로움을 달래줄 수는 없을 것이다. 앞으로 양로시설 말고 '노유당老遊堂'이 어떨까. 노인들이 노는 집이다.

우리는

함께

춤
　을
촀
　다.

앓
아
하
는

외
로
움

2

장소성과 외로움의 역학

— 김인정 —

장소성과 외로움의 역학
― 김인정 ―

땅. 불타오른다. 땅을 가지지 못한 자들이 산과 들에
불을 놓는다. 타고 남아 빈 땅에 밭을 일군다. 재는 땅
을 한동안 비옥하게 한다. 몇 해간 경작은 풍요롭다.
땅의 비옥도가 떨어지면 떠난다. 새로운 버려진 땅을
찾아내어 불을 지른다. 유랑하며 그런 일을 이어나간
다. 화전민에 대해 처음 읽었을 때, 그 삶의 방식이 환
유하는 바에 매료되었다. 장소가 주어지지 않은 자들.
제 손으로 땅을 태워서라도 속할 장소를 만들어내는
자들. 머물다 떠나는 자들. 그 모든 행위의 이유에 생
존 외에 군더더기라고는 없는 자들. 지나온 땅의 기억
이 그들 안에 어떻게 자리 잡고 있을지 궁금했다. 기억
이나 감각은 잉여에 불과하고, 그저 매번 오늘을 살려

고 어제를 불사르고 유기하고, 묵은 땅을 떠나오는 걸까. 마른 초목에 불이 붙어 타닥타닥 소리를 내는 걸 듣다 보면 불길은 이윽고 훅 번지며 집채보다 커졌을 테고, 그 앞에 선 눈동자는 주홍빛으로 빛나고 뺨은 붉게 물들며 코와 폐는 매캐한 연기로 거뭇하게 들어찼을 것이다. 지나친 낭만화라는 걸 알면서도, 머물던 곳을 떠나올 때면 이따금 화전민을 떠올렸다. 땅을 옮기고 새로 주먹을 고쳐 쥘 때면, 매번 불이라도 지르고 있는 듯이, 완전히 새로운 시작이라는 환상이 삶을 잠시 밝혔다.

존재에 장소성을 묻히고 다니는 사람들이 있다. 살갗에, 말투나 억양에, 유독 말을 더듬게 되는 과거의 사건에, 왈칵 눈물이 쏟아지는 그리움에, 억울함에, 불안과 애착에. 미국으로 이주한 지 얼마 지나지 않아, 완전히 새로운 시작이라는 말, 장소에서 스스로를 해방시킨다는 상상이 얼마나 순진했나 눈치챘다. 한 장소에서 벗어나 도달한 곳은 또 다른 장소였으며, 그 안의 나는 마치 마트료시카 인형처럼 지나온 장소의 나를 품고 있었다. 거쳐온 장소는 타고 남은 검댕처럼 뺨과 이마에 내려앉아 있는지, 타인의 시선을 통해서도 내가 머물다 온 곳을 볼 수 있었다. 동양인인 나를 바라보는 그들의 시선은 때로 혼란스럽고, 이방인이라는 증거를 찾아내려 하며, 결국에는 참지 못하고 "이곳에 방문 중인 사람인지"를 이따금 묻는다. 이전에 살았던 땅에 대한 기억을 불살라, 새로운 삶을 비옥하게 하는데 그 재를 쓰려는 사람. 그러나 끝내 그 재가 자기 몸에 덕지덕지 들러붙은 사람. 지나온 장소가 얼굴에도 영혼에도 묻어나는 사람. 그러니까 나는, 새로운 시작이라는 이상을 더 이상 깊게는 믿지 못하는 사람이며, 지나온 장소의 흔적을 차곡차곡 개켜 정체성이라는 서랍장 안에 자주 숨겨두는 사람이다.

당신이 외로운 건 샌프란시스코가 사람들이 잠시만 살다 가는 도시transient city라서예요, 라고 말한 건 나의 테라피스트, 심리상담사였다. 광주에서 서울, 서울에서 광주, 광주에서 도쿄, 도쿄를 거쳐 미국 산타클라라, 다시 산타클라라에서 샌프란시스코. 기차로, 배로,

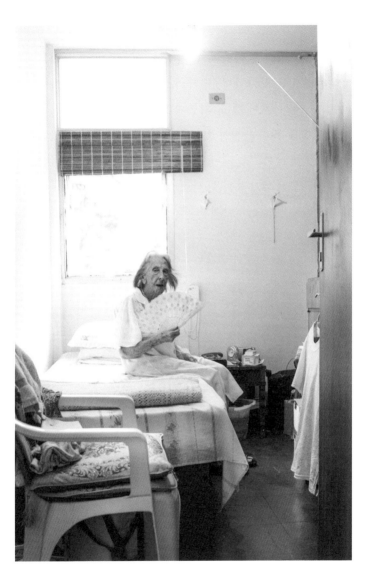

비행기로 가까운 이주와 먼 이주를 거친 끝에 나는 테라피스트를 찾아갔다. 테라피스트를 찾으려면 온라인 설문을 마쳐야 했다. 최근에 느낀 여러 정서에 스스로 점수를 매기는 식이었다. 최근에 자살 충동을 느낀 적이 있습니까, 네, 아니요, 그 정도를 표현한다면 어느 정도였나요, 0부터 10까지. 최근에 우울감을 느낀 적이 있습니까, 네, 아니요, 그 정도를 표현한다면 어느 정도였나요, 0부터 10까지. 다음 항목 중 무엇이 자신의 문제에 가장 가깝나요, 중독, 불안, 외로움, 기타 등등. 감정을 숫자로 계량한다는 점에서 엉성해질 수밖에 없는 정성 평가였다. 그래도 절박하고 꼼꼼하게 설문을 마치자 나와 매치된 테라피스트의 이름과 사진이 스크린 위로 떠올랐다. 설문조사에 응답하며 가장 높은 점수를 매긴 항목은 외로움이었다. 온라인으로 만날 수도 있었지만, 대면 상담을 선택했다. 가능한 날짜 중 가장 이른 날짜를 골랐다. 다음 날 그의 사무실 내담자석에 허겁지겁 자리를 잡고 앉아서야, 나를 내내 헤매게 했던 수수께끼를 풀어줄 낱말 하나를 건네받은 것이었다. 잠시만 살다 가는 도시. 지나가는 도시. 생애 주기에서 특정한 시기에 일이나 학업 등을 이유로 머물고, 기억의 일부로만, 정체성의 일부로만, 일시적 우정의 흔적으로만 감각하게 되는 도시. 유동 인구로 부풀었다 잦아들고 다시 부풀며 변화와 이별 자체가 도시 정체성의 일부가 되는 도시. 외로운 도시. 그 정체성을 나의 마트료시카 인형 안에도 넣어주게 될 도시. Transient city.

그 단어를 듣자 떠오른 건 떠난 친구들의 얼굴이었다. 몇몇은 거의 쫓겨나다시피 이곳을 떠났다. 케냐 출신인 사하라의 애칭은 다이아몬드다. 소중한 보석 같은 존재라는 의미로 부모가 지어준 애칭을 발음할 때, 사하라의 짙고 풍성한 속눈썹은 기쁨으로 살짝 출렁이고, 그 아래 검고 깊은 눈동자는 포도알처럼 빛을 낸다. 데이먼. 다이아몬드라고. 수학 천재라고 불려야 할 정도로 영리한 사하라는 케냐에서 이곳으로 건너와 유학을 했다. 성인이 된 뒤 쭉 미국에서 살아온 사하라는 미국에서는 충분히 미국적이지 않고, 케냐에서는 충분히 케냐인답지 않은 것처럼 느끼곤 했다. 사하라는 취업까지 성공했지만, 추첨 방식으로 선정하는 H-1B 비자를 받는 데 실패해 미국을 떠나야 했다. 케냐로 돌아가는 길에 두바이를 경유할 거야. 금시장이 어마어마하다고 들었어. 어느 가게에서나 금을 판대. 케냐 사람들에게는 금이 굉장히 특별한 의미거든. 얼마나 황홀할까. 일하면서 모아둔 돈으로 순금으로 된 귀걸이와 목걸이를 살 거야. 미국에서 얼마 벌었는지 엄마에게 이실직고하기 전에 나를 위해 돈을 좀 쓸래. 그렇게 말하는 사하라의 속눈썹이 축축하게 젖어있었다. 그애는 밀려나서 쫓겨나는 순간을 조금이라도 즐거운 일로 만들려고 애쓰고 있었다. 히잡을 쓴 다이아몬드의 머리와 어깨를 다독였다.

레아. 샌프란시스코 미션 지구에 있는 낡은 2층 주택을 통째로 빌려 남자애 다섯 명과 함께 살던 파티걸. 서로 앞에서라면 완전 솔직한 말부터 완전 못된 말까지가 가능했던 유일한 애. 내 비밀을 너무 많이 알아서 가끔 불안해지다가도 키득거리며 팔을 휘감고 허리를 끌어안고 거리를 쏘다니면 결국 안심되던 애. 좋아하는 식당과 카페, 빈티지 가게로 서로를 이끌다 탈의실에서 얼굴만 쏙 빼고, 야, 안으로 들어와서 나 어떤지 좀 봐줘, 할 수 있었던 애. 이민자라 손해를 볼까 봐 자주 센 척하지만, 자기도 모르게 보여주는 약한 얼굴이 사실 더 예쁜 애. 레아가 가끔 보여주는 고향 사진엔 신화 같은 폭포가 산등성이로 흘렀다. 스위스 같은 곳에 살면서 왜 미국으로 이민을 왔냐는 말을 그 애는 엄청 멍청한 질문이라고 생각했다. 손가락 두 개로 폭포 사진을 크게 확대하며, 내 고향 아름답지, 아름답고 진짜 지루해, 라고 했다. 다양한 이민자들의 문화가 섞여 거리 예술이 번창하는 미션 지구에 산다는 건 그 애의 자랑이었다. 왼쪽 발목에는 샌프란시스코의 랜드마크인 수트로 타워가 타투로 새겨져 있었다. 비자 연장해야 해, 비자를 받아야 해, 비자를 못 받으면 큰일 나, 이런 말들을 초조하게 늘어놓던 어느 날, 레아는 더는 무리라는 걸 알았다. 런던행 티켓을 편도로 샀다. 미국이 날 쫓아내기 전에 내가 먼저 떠나려고. 그 애가 7년을 산 샌프란시스코였고, 파티를 열 때마다 이층집이 미어터질 정도로 친구들로 북적였지만, 공항까지 배웅을 나온 사람은 나밖에 없었다. 약해 보이는 게 딱 질색인 레아는 친구들이 다들 배웅 오고 싶어 했다고 딱딱한 얼굴로 반복해서 말했다. 그리곤 보안검색대에서 뒤로 돌아 손을 흔들 즈음에야 내가 가장 좋아하는 얼굴을 보여줬다. 나는 일시적 우정이 정말 싫어. 스위스 애들은 이렇지 않은데. 고마워, 와줘서 고마워. 너무나 솔직하고 나약한 표정. 외로운 표정.

특유의 골격 좋은 몸에 긴 팔다리, 풍성한 검은 머리를 출렁이며 다가왔던 엘리는 다른 도시에 일자리를 구해 샌프란시스코를 떠났다. 둘만 알아들을 수 있는 농담을 끝도 없이 쏟아내던 이디는 일자리를 잃어서 케냐로 돌아갔다. 일시적 우정은 때로 치사했고, 서로의 알맹이만 홀랑 빼먹고 달아나는 것 같았고, 알면서도 잠깐 즐기는 관계와도 같았고, 이를 갈면서도 그 따뜻함과 애틋함에 번번이 위로받았다. 날 밀어내는 것만 같은 새로운 장소, 포함해 주려 하지 않고, 인정하려 하지 않고, 나를 투명하게 만드는 장소에서, 일시적으로나마 살아있음을 느끼게 했다. 관계를 뒤로하고 이주

를 거듭하는 데 이골이 난 나조차도, 이 도시에서 일어
나는 숱한 작별에선 매번 뒤에 남아 손을 흔드는 쪽이
됐다. 서늘하고 맑아서 계절이 잘 구분되지 않는 대신,
주기적인 이별이 있었다. 케이크를 사 들고 고별 파티
에 가고, 가지고 있던 장신구를 충동적으로 풀어서 팔
에 걸어주고, 오랫동안 끌어안았다. 그러고 있노라면,
걔랑 나랑 공유하고 있던 이 도시 어떤 거리가 두 팔
안에서 하얗게 부식되어 바스러지는 것만 같았다. 장
소는 나와 함께 남겨지는데도, 걔가 비행기에 실어 다
가져가는 것 같았다. 아무런 설명 없이도, 그게 마지막
이라는 걸 이해했다.

장소는 의미와 관계를 배태한다. 기억과 주관적 정서
──장소에 대한 애착, 혹은 냉담이 그곳에 우리와 함께
머무른다. 공간Space에 대비되는 장소Place는, 문화적이
고 지역적인 것을 기반으로 하며 나타나는 맥락적 의
미가 담긴 장소[1]로 정의된다. 장소성은 장소가 지니는
의미[2]이며, 어떤 장소에 대한 의식적 애착이며 그 장소
의 정체성[3]이다. 영국의 지리학자 크레스웰은, 장소가

세계 속에 존재하는 사물일 뿐 아니라 세계를 이해하는 방식[4]이라고 말했다. 이 말을 확장해 보자면, 우리는 장소 안에 담아온 의미나 관계를 프리즘 삼아 세계를 해석한다. 무형의 프리즘은 장소와 나의 관계를 굴절시켜 보여준다. 장소 안에서 마주친 사람들, 그들과 함께 한 행위들이 더해져 장소를 완성한다. 의미가 발생하고 장소와 단단히 연결된다. 그러니 물리적 장소를 떠난다고 해서 떠나옴이 온전히 완료되는 것이 아니다. 요즘은, 작별과 작별 사이에 온라인이라는 가상공간에 걸터앉을 수 있어서 더욱 그렇다. 온라인은 오늘날의 의미와 관계를 지탱하는 새로운 장소처럼 보인다. 곁에 있는 듯 느껴지는 날것의 페이스타임, 쉼 없

1   국토연구원.

2   국토연구원.

3   국토연구원.

4   Cresswell, T., *Place: a short introduction*(Malden, MA: Blackwell Pub., 2004)[심승희 옮김, 『짧은 지리학 개론 시리즈: 장소』(서울: 시그마프레스, 2012)].

는 알림과 함께 도착하는 채팅은 시간대와 거리감을 너끈히 녹여버릴 수 있을 것만 같다. 그러나 서로의 곁에 펼쳐지는 새로운 장소와 시간을 픽셀로 바라보고 있노라면 더욱 또렷하게 혼자가 되곤 한다. 온기 없이 머무르다 살갗 없이 사라지는 목소리. 이미 헤어진 사람들과의 이런 경험은, 가상 공간에서 몇 번이고 반복되는 느린 이별에 가깝다. 정서적 이주는 물리적 이주보다 때로 천천히 진행되고 그 감각적 시차 안에서 외로움이 오롯하게 우리를 기다린다.

외로움이 일종의 인프라로서 설계된 장소도 있다. 장소는 의미와 관계를 받아들이기도 하지만, 뱉어내기도 한다. 의미와 관계를 충분히 갖추지 못한 채 장소에 빈틈이 생길 때, 그곳은 외로움의 터전이 된다. 통하지 않는 언어, 쌓아 올려지지 않고 모래성처럼 무너지는 네트워크, 이방인에 대한 은은한 멸시나 작은 거절, 초대되지 못한 파티, 소외에 대한 불안FOMO[5], 차별의 결과물인 자기 의심과 자기 검열은 그 축의 일부일 뿐이다. 사회적으로 소외되고 고립된 장소에선 외로움이 사람을 살해하기도 한다. 이건 반드시 한 도시의 이야기도, 이주민들에게만 해당하는 이야기도 아니며, 끊임없는 작별에 이골이 나서 더는 마음을 열지 않는 사람들만의 이야기도 아니다. 우리는 모두 관계에서, 의미에서, 언젠가 반드시 떠나오게 되며, 환대받다가도 어딘가에선 배척당할 수 있다. 친밀성에는 배타성이, 의미에는 무의미가, 교류 뒤에는 외로움이 반동적으로 따라붙기 때문이다. 환대와 초대 밖으로 삐져나와 토라지고 좌절된 경험이 존재하기 때문이다. 다른 삶과 선망성을 좇아 장소를 옮겨 다닐 때 삶은 상승하는 것 같다가도 불안정한 관계와, 의미의 부재로 하강하고 침잠한다. 또 다른 'Transient city'인 시애틀을 '가장 외로운 장소'라고 칭한 기사엔 이런 인터뷰가 실려있다. "가족과 친구와 모든 인연을 두고 (직장을 찾아) 시애틀로 왔어요. 쌓아 올리는 데 4년이 걸렸던 관계들을 모

---

5   'Fear of Missing Out 소외되는 것에 대한 두려움'의 약어, 고립 공포감.

두 버리고 왔죠. 함께 어울릴 친구가 있을지보단 어디에서 살아야 할지만 고민했거든요."[6] 문장에서 주어와 장소를 바꿔 끼우면 이 말은 나의 말이 되고, 나의 친구들의 말이 되며, 이주민들의 말, 하나의 땅에서 다른 땅으로 삶을 뿌리째 옮겨본 모든 이들의 말이 된다.

안개. 이 땅을 떠나지 않고 계속 돌아오는 건 안개다. 샌프란시스코의 대기를 점령하고 날씨를 흐리게 하는 폭군인 양 미움을 받아온 이 짙은 안개에는 이름이 있다. 그 이름은 칼 Karl이다. 천덕꾸러기 같은 안개에 처음 이름을 붙여준 지역민은, 언론 인터뷰에서 그 이름을 붙인 이유를 이렇게 설명했다. "칼은 〈빅 피쉬〉라는 영화에 나오는, 모두의 미움을 받는 거인이에요. 모두 그가 자기들을 죽이거나 먹어치워 버릴까 봐 무서워하죠. 사실 그는 그냥 배고프고 외로웠던 건데 말이에

6   "I moved to Seattle for a high-paying tech job. It turned out to be the loneliest time of my life", *Business Insider*, Sep 13, 2023.

요."[7] 안개. 장소 안에서 장소를 잃고, 관계 안에서 관계를 잃고, 의미를 찾다 의미를 잃은 채로 낯선 땅을 헤매는 사람들의 뺨에 묻은 검댕을 가려준다. 무엇을 얻게 될지 모른 채로 불을 지르고 다니는 사람들을, 묵직한 안개가 감싸 안는다.

땅. 그리고 안개만이 그곳에 내내 머무른다.

7   "How the Bay Area's Fog Came to Be Named Karl", *KQED*, Jul 26, 2018.

땅을 딛고 선
맨발,

음악,

움직임,

춤,

삶과 죽음.

그렇다,
죽음은 항상 거기에 존재했다.

나가며

땅을 헤집고 일어서며

— 송근영(턱괴는여자들) —

땅을 헤집고 일어서며
— 송근영(턱괴는여자들) —

보는 행위는 우리가 어디에 있는지를 결정하는 것이라
고, 영국의 비평가 존 버거는 말했다. 그는 '본다'는 것
이 단순히 시각적 자극에 반응하는 신체적 알고리즘이
아닌 일종의 선택 행위라고 설명한다. 시선은 관심이
있는 것에만 머물기 때문이다. 도파민을 불러일으키는
요소가 충분한지, 어떤 정보를 얻을 수 있는지, 관심과
선호를 판단하려고 '인식'이 바쁘게 작동한다. 이 과정
이 시작되면 일상에서 접해온 이미지의 통계를 바탕으
로 '익숙하고 당연한 것'인지 묻는 갈림길부터 지날 것
이다.

　　새로운 정보를 처리하기 위해 필연적으로 수반되
는 에너지는 수고롭다. 분초마다 일어나는 시선 쟁취

의 싸움에서 낯선 이미지가 탐구되기 힘든 이유다. 이는 그동안 눈에 띄지 않던 곳이 새롭게 조명될 가능성은 희박하다는 것을 의미하고, 탐구에 대한 기피가 공동체의 정서로 스며들 때의 결과는 꽤 명확하다. 개척되지 않은 이야기에 대한 두려움은 커지고 좁혀지지 않는 거리감에서 오는 몰이해는 더욱 공고해질 것이다. 보이는 만큼 존재한다면, 보이지 않는 만큼 외로워지는 것이 아닐까.

턱괴는여자들은 '익숙한 것이 전부라고 가장하는 사회'를 경계해 보기로 했다. 시선이 닿지 않는 곳에 무성하게 방치된 외로움의 싹을 살피고, 그 토대에 무엇이 있는지 끼어들어 더듬어보고 싶었다.

『외로움을 끊고 끼어들기』는 턱괴는여자들이 앞서 진행한 『외인구단 리부팅: 야구장 속 여성의 자리는 어디인가』 프로젝트에서 비롯했다. 이 또한 여자 야구가 그동안 '왜 잘 보이지 않았는지'라는 질문에 착안해 그 답을 찾아간 작업이다. 놀라울 정도로 강인한 선수들이 야구장에 설 때면 줄곧 외로워진다고 말하는 것을 보며, 이 감정이 개인의 나약함과는 무관하다고 짐작했다. 그 토대에 불합리한 제도와 시스템이, 더 깊은 뿌리에는 정치와 권력이 복잡하게 얽혀있는 것을 확인하며 "그들의 존재를 제대로 비추지 않는 사회 구조가 외로움의 자양분이 된다"라는 명제를 완성했다.

이를 명료하게 확인한 건 '외팔보'라는 이름의 외로움 케이스 스터디 팀을 구성해 야구장 밖으로 시야를 넓혔을 때다. 수없이 많은 외로움 종種을 수집해 보니, 장소와 주체라는 환경만 바뀔 뿐 번식의 원리가 대개 비슷했다. 결국 '나를 투영할 수 있는 이미지가 없을 때', '내가 사회의 일부분이라는 물증이 없을 때' 외로움의 씨앗이 발아했다. 이 책이 시작될 수 있었던 건 당시의 증명 덕분이다. 각자의 외로움을 기껍게 탐구의 명분으로 삼아준 고영찬, 머피염, 민지희, 최장원에게 깊은 감사의 인사를 전한다.

수많은 사례 중에서도 양로시설의 외로움은 두드러졌다. 노년과 돌봄은 사실상 우리 모두가 마주할 주제임에도 불구하고, 노인이 마치 예외적인 소수 집단인 것처럼 양로시설이라는 장소와 그 향유자를 분류하는 맥락이 인위적으로 느껴졌기 때문이다. 양로시설이라는 장소가 딛고 있는 토대를 파헤쳐 보기로 한 프로젝트는 카로우 셰지아크를 만나면서 점차 구체화되었다. 그 중심에 사진 연작 〈Possibly, Here〉가 있다. 그가 베타니아에서 의도치 않게 기록한 장면들은 기꺼이 새로운 것을 보기로 한 시선들을 잡아둘 구체적인 장소를 제시해 준다. 초상 사진 주인공들의 낯설도록 반짝이고 맑은 눈빛은 모든 것에서 세월의 흔적이 묻어나는 방의 배경과 상충한다. 조금도 움츠러들거나 경계하지 않는 그들의 태도에서, 외로움의 기원에 대한 원론적인 질문을 던지는 것에서 나아가 개인이 취할 수 있는 해답의 실마리까지 찾을 수 있을 것이라 기대했다.

　　보는 행위의 함의를 재정의한 존 버거는 "이미지는 한때 누군가가 본 적이 있다는 사실을 드러낸다"라고도 말했다. 〈Possibly, Here〉는 5년 전 지구 반대편에 있던 셰지아크가 오늘날 우리가 수색 중인 미지의 이야기를 앞서 보았다는 사실의 기록이자, 나아가 양로시설 안의 '노년의 존재와 삶'이라는 화두가 국경과 인종을 넘어 그리고 시간 또한 초월해 흐르고 있다는 것

을 의미한다.

2023년 말, 서울에서 그의 사진을 소개하는 전시 〈아마도, 여기〉를 진행했다. 한 달간 일상에서는 보이지 않던 새로운 장면을 마주하고 공감하고 고민하는 수많은 눈빛을 만날 수 있었다. 관람객이 머무는 시간이 유난히 긴 전시였다.

한국 전시를 논의하던 2022년, 셰지아크는 베타니아의 풍경을 반추하며 「작가 노트」를 써냈다. 사진이 존재와 삶이라는 거대한 주제를 셔터를 누르는 순간에 압축해 담아낸다면, 그의 글은 사진에 담긴 5년의 관계와 기억을 본래 속도로 재생하는 영상 같다. 「작가 노트」에서 길어야 네 글자 남짓한 이름만 부여받은 노인들의 감정과 성격은 예상치 못한 모양으로 마음껏 팽창한다. 그들의 주름진 쾌활함이, 흰머리의 장난기가, 걸음이 느린 호기심이 유독 낯선 것은 양로시설을 시선의 미개척지로 오래 남겨두었던 까닭일까.

「가려진 에세이」는 활자의 확장성을 빌려 브라질 리우데자네이루의 이야기를 더 밀접한 일상으로, 우리 삶의 영역으로 끌어와 이입시키고자 한 시도다. 박초

롱, 이훤, 이연, 김규진, 하미나 작가의 프리즘을 통과한 셰지아크의 사진은 다섯 가지 독립된 이야기로 확장된다. 몇 장씩 나뉘어 주어진 연작 사진을 보고 각각 쓰인 글들이 마치 의도한 것처럼 〈Possibly, Here〉의 주제와 사진이라는 매체 그리고 그 안에 담긴 연대를 아우르게 된 것이 놀랍다. 에세이들은 전시에 앞서 사진이 가려진 채로 발행되었다. 관람객이 될 독자들이 글을 음미하면서 그 재료를 정답 없이 추측하고, 자신의 이야기로 치환할 이음새들을 더 섬세하게 감각할 수 있기를 바랐다. 문학적 상상력으로 사진을 이해하는 기획을 해준, 턱피는여자들이었던 김진혁에게 큰 감사의 마음을 보낸다.

임동우 작가의 글은 에세이스트들의 프리즘을 통과하며 넓게 퍼졌던 시야를 다시 구체적인 장소로 집중시킨다. 양로시설이 여전히 돌봄 노동의 수요와 공급만이 교차하는 기능적인 건물로 여겨진다는 점에서, 닫힌 장소의 사회 질서를 구축하는 건축의 역할과 책임을 건축가의 시선으로 바라보고자 했다.

김원영, 김인정 작가의 글은 낯선 외로움이 발아

하는 땅을 헤집어 보여준다. 타인이 지닌 외로움의 뿌리를 살필 기회는 드물다. 두 작가의 글을 읽는 동안 솟아낸 검은 흙 사이로 드러난 허옇고 질긴 것들이 '나'의 발밑으로도 이어져 있는 장면을 발견하길 기대한다. 땅 밑을 들추는 작업에 동참하면서, 풍경에 머물던 외로움을 피사체로 전복시키는 시선과 서로의 얼굴에 묻은 검댕을 알아보는 시선을 획득했으면 했다.

셰지아크가 베타니아를 다시 찾았던 2022년, 그곳에 이스테르, 사우바도르, 바우데미라, 비바우두, 카스토리나, 마리아는 없었다. 팬데믹으로 인해 그들의 집이 폐쇄되면서 모두 다른 지역의 시설로 흩어져 생을 마감했다고 한다. 불과 몇 년 전 카메라를, 실은 셰지아크를 바라보았던 그들의 따뜻하고 총기 어린 눈은 어디서든 여전했을까.

낯선 곳을, 본 적 없는 서로를 애써 탐구하는 일이야말로 외로움의 구조적인 순환을 끊어내는 가장 적극적이고 개인적인 행동이라는 것. 이 미더운 용기의 힘을 카로우 셰지아크와 베타니아 주민들은 이미 알고 있었던 것 같다. 이 책을 통해 세상이 비추지 않는 곳에서도 자신의 삶을 똑바로 마주했던 이들을 만나고, 추상적으로 여겨지던 양로시설 안팎의 외로움을 우리 시야로 불러올 수 있기를 소망한다.

화요일 아침이면 베타니아의 어두운 복도에 늘어선 방문들이 열리며 만들어졌다던 빛의 기둥을 자주 생각한다. 각각의 방문 위에 셰지아크는 얼마나 오랜 시선을, 얼마나 끈질긴 노크와 기다림을 남겼을까. 방 안쪽에서는 문을 바라보거나 문고리에 손을 얹어보는 크고 작은 머뭇거림이 있었을 테다. 턱괴는여자들은 그들에게 배운 시선의 힘을 믿으며 어두운 복도를 밝힐 문을 찾아 계속해서 두드릴 생각이다.

〈Possibly, Here〉 연작은 최고령자 이스테르의 사진을 우연히 찍은 후에 차례로 완성했다. 카로우 셰지아크는 기교가 없는 초상 사진에서 더욱 강조되는, 피사체와 그를 둘러싼 장소의 관계성을 발견한다. 그리고 주인공들에게 각자의 사진을 크리스마스 선물로 전달한다. 그로부터 1년 후, 작가는 사진이 노인들의 방에 자연스럽게 스며들어 자리 잡은 것을 목격한다. 살아온 시간이 압축된 듯한 작은 공간에 놓인 초상 사진, 작가는 이를 다시 한번 기록했다. 그렇게 하나의 인물을 중심으로 초상 사진과 사진의 사진, 두 장면이 짝을 이룬다.

외로움을 끊고 끼어들기

글.   턱괴는여자들(정수경·송근영)·카로우 셰지아크·김규진·김원영·김인정·
      박초롱·이연·이훤·임동우·하미나
사진. 카로우 셰지아크

1판 1쇄 발행   2024년 7월 7일

    발행처   toh press
    발행인   턱괴는여자들(정수경·송근영)
  기획편집   HBB
    디자인   스튜디오 유연한
      인쇄   세걸음
      후원   스티비

  출판등록   출판등록 2021년 10월 14일 제 2021-000291호
      주소   서울시 마포구 신촌로2길 19
            마포출판문화진흥센터 Platform P 303호

    이메일   official@toh.works
인스타그램   @tuck_on_hand

      ISBN   979-11-977651-1-7 03300